Johannes Matthias Michel

Tod im Fernwerk

Roman

Strube
Edition 9194

ISBN 3-89912-231-2

www.strube.de

Layout: Petra Jerčič, München (www.petra-jercic.de)
Fotos: Pixabay und Markus Ridinger

Druck und Verarbeitung: AZ-Druck, Kempten

1

Seit drei Tagen war Gaus spurlos verschwunden und niemand konnte etwas über seinen Verbleib sagen. Urlaub habe er keinen genommen, so lautete die Auskunft, die Schopflenger im Pfarrbüro erhalten hatte.

Harald Schopflenger ging unruhig im Büro auf und ab. Er war unentschlossen. Sollte er eine neue Arbeit in Angriff nehmen, oder war es für heute genug? Die ersten Tage im Januar grauten wie gewöhnlich vor sich hin. Die Chorproben würden erst in der nächsten Woche beginnen und Gottesdienste gab es auch keine zu spielen. Im Büro läutete nur selten das Telefon; ein idealer Zeitpunkt, um einige Tage auszuspannen. Aber es war ungewöhnlich, ja merkwürdig, und Schopflenger wurde sich immer sicherer, je länger er grübelte: Gaus hätte die Stadt nicht verlassen, ohne ihm Bescheid zu geben.

Harald setzte sich auf den Holzstuhl vor seinem Schreibtisch. Das Ächzen des alten Möbels bemerkte er schon lange nicht mehr. Er zog die Beine seiner Cordhose ein wenig nach oben und sammelte lustlos die Krümel von der Tischplatte in die linke hohle Hand. Schwungvoll warf er die Keksreste in den offenen Mund. Dann legten sich die fein geschnittenen Gesichtszüge des jungen Mannes wieder in Falten und er sinnierte vor sich hin. So hatte er den größten Teil des Nachmittags schon vergeudet.

Das Silvesterkonzert lag inzwischen einige Tage zurück, und wie in den Jahren zuvor verbuchte Hanns-Dieter Gaus an diesem Abend einen großen Erfolg. Die voll besetzte Kirche quoll förmlich über: In der Silvesternacht zog sie die Menschen wie ein Magnet zu später Stunde noch einmal aus den Häusern. Diese Kirche hatte etwas Magisches an sich. Sie hatte als einziges großes Gebäude der Stadt die zahllosen Bombennächte des letzten Krieges unbeschadet überstanden, so dass in den ersten Jahren nach der Kapitulation alle Konzerte, Opernaufführungen, öffentliche Versammlungen, eben alles, was Platz für eine größere Zahl von Menschen benötigte, hier stattfanden. Unversehrt ragte sie damals aus einer elenden Trümmerwüste hervor: Das war wie ein Wunder und die Kirche wurde zum Wahrzeichen aller Hoffnungen des Wiederaufbaus. Die Allermeisten glaubten ohnehin, es sei einer schützenden Hand zu verdanken, dass dieser Andachtsort noch stand, und deshalb hatten die Einheimischen eine besondere Beziehung zu diesem Gotteshaus. Bis heute zieht es Gläubige und Ungläubige hierher, wenn sie glauben oder wenn sie zweifeln, wenn sie Spirituelles suchen oder etwas vom Jenseits begreifen wollen; diese Kathedrale eröffnet Räume, die über die rationale Gedankenwelt der rastlosen Wirtschaftsmetropole hinaus weisen.

Dabei war der heimliche Dom noch gar nicht so alt. Er gehörte zu den Relikten des *Neoklassizismus*, einer nicht sehr angesehenen Kunstepoche. Den verspielten Dekorationsmanierismus empfand mancher gar als Kitsch. Aber dieser neobarocke Zentralkuppelbau folgte durchaus künstlerischen Intentionen. Die zart-konturierten Reliefs, die zurückhaltenden Farben der Glasfenster, die klassischen Skulpturen und die kühnen Fresken waren keineswegs nur vordergründige Dekoration, sie bildeten ein kraftvolles Ensemble, das eingerahmt von den tempelgleichen Goldtüren des Altarraums wie ein geistliches Bühnenbild funktionierte.

Aber nicht nur die künstlerische Gestaltung des Raumes lockte die Menschen in die große Kirche. Hanns-Dieter Gaus galt als glänzender Organist, sein Ruf als Virtuose reichte weit über die Region hinaus und zog viele Zuhörer von weit her in die Konzerte. Die Landeskirche hatte ihm vor Jahren in

Anerkennung seiner Leistungen den Titel eines *Kirchenmusikdirektors* verliehen.

„Berauschende Klangkaskaden im weiten Kirchenrund – Gaus begeisterte am Altjahresabend", so konnte man im *Abendblatt* lesen. Gaus selbst hatte die Zeitungskritik aus dem Kulturteil ausgeschnitten und für die Ablage bereitgelegt. Überreich an Adjektiven und fantasievollen Wortkreationen schwärmte der Artikel geradezu von den musikalischen Höhepunkten der Programmfolge: „Fein ziselierte Pastelltöne leuchteten ebenso zartduftend wie klarsichtig aus den abgetönten Schwellwerken hervor, deren düstere Kräfte zuvor noch wie gebändigte Stiere hinter den geschlossenen Jalousien zu toben schienen."

Und wie in jeder Silvesterrezension stieß die treue Leserschar des Kulturteils auch in dieser auf eine Beanstandung, den dissonierenden Kontrapunkt zu den lyrischen Lobeshymnen. So wie das musikalische Feuerwerk zum festen Bestandteil des Kulturlebens zählte, so gehörten auch die Belehrungen des Chefkritikers über den grammatischen und den pathetischen Akzent in der Barockmusik zum alljährlichen Ritual. Die meisten Leser wussten vermutlich nicht, worum es dabei wirklich ging, und selbst die Fachleute waren darüber müde geworden.

Zu den Ritualen des Silvesterkonzertes gehörte es, dass Gaus in jedem Jahr ein bestimmtes, fulminantes Werk von Johann Sebastian Bach spielte: das *Präludium in D-Dur.* Passend zum Tag beginnt es mit einer Raketentonleiter im Pedal. Gaus' Interpretation gab auch heuer dem Rezensenten Dr. Walter Blicker vom *Abendblatt* erneut den willkommenen Anlass, die Leser über wesentliche Erkenntnisse seines Promotionsthemas *Nobilis et vilis – der grammatische und der pathetische Akzent im musikalischen Barock unter be-*

sonderer Berücksichtigung des Zusammenhangs zwischen der Bogentechnik der Streicher und ihrer Auswirkung auf die Musik für Tasteninstrumente im norddeutschen und mitteldeutschen Stil eingehend aufzuklären und zu belehren und darauf fußend die Interpretation des Organisten zu kritisieren.

Harald unterbrach die Lektüre der Kritik, die er weitgehend gelangweilt schon zum siebten oder achten Mal durchging, und wendete den Blick weg von dem Zeitungsausschnitt wieder auf das Fenster. Es war etwas dunkler geworden. Das Präludium von Bach ging ihm durch den Kopf, ein glänzendes Stück, eigentlich mehr für einen Frühlingssonntag passend. Und: Johann Sebastian Bachs *Präludium in D-Dur* eignete sich in besonderer Weise, die Virtuosität des Orgelspielers Gaus eindrucksvoll vorzuführen. Die Pedaltonleiter zu Beginn beseelte er mit überschäumender Kraft und Musizierlust. Die sich anschließenden Akkordrepetitionen in den Händen wären dagegen allein nur hohles Geklingel gewesen, wenn sie nicht als treffsichere Parade auf immer weiter stürmende Pedalpassagen großartig platziert wären - bester norddeutscher Orgelstil diese Takte, die ihre Vorbilder Buxtehude und Bruhns an Kühnheit übertrafen.

Was mag wohl ein Zeitgenosse Bachs empfunden haben, wenn nach dieser Einleitung von nur vier Takten der gewählte norddeutsche Stil bereits verlassen wird und sich eine *Orgelpunkt-Toccata* anschließt, die unverwechselbar nach der Art des Nürnberger Meisters Johann Pachelbel geformt ist? Es muss für damalige Zuhörer schockierend gewesen sein, aber Bach trieb das Spiel noch weiter. Dem ersten Stilbruch folgt ein zweiter, indem noch auf dem gleichen Notenblatt eine *Französische Ouvertüre* mit ihren charakteristischen, scharfen Punktierungen die Sechzehntel-Motorik jäh unterbricht! Überraschend, ohne Vorbereitung bricht sie ab und eine rasante Tonleiter jagt hinterher, die über drei Oktaven förmlich hinwegfegt: ein norddeutscher Blitzeinschlag, nur die überleitende Episode zu dem ausgedehnten *Concerto* italienischer Machart, der längsten Etappe des ganzen Präludiums. Hier finden sich auch die zahlreichen Tonwiederholungen, in Viertelnoten wie dialogisch sich zuspielende Violinen oder in Achtelnoten mit dem vorwärtsdrängenden, virtuosen Impetus des Springbogens auf den Saiten einer Geige: genau diese Passagen, jeweils nur wenige Takte lang, waren die strittigen, sie waren der Gegenstand der Kontroverse zwischen Gaus und Blicker. Eigentlich ein wenig lächerlich, dachte Schopflenger für sich.

Der sich an das *Concerto* anschließende Epilog des Präludiums offenbart, dass die Kühnheit des Leipziger Meisters sich mitnichten in diesen Konfrontationen fremder Einflüsse erschöpfte. Die collagenhafte, paneuropäische Mixtur verschiedener Stile mündet geradewegs in ein Finale von monumentaler Gravität. Zwei Töne im Pedal gleichzeitig, dazu mit vollgriffigen Akkordblöcken in den Manualen türmen sich waghalsige Harmonien aufeinander, die nie zuvor gehört wurden und auch noch hundert Jahre danach nicht erdacht werden sollten. Wo ein anderer als Eklektizist gestrandet wäre, finden wir bei Bach das Genie: in der Verschmelzung verschiedener Einflüsse. Aus der Synthese der musikalischen Nationaltypen Frankreich, Italien, Nord- und Süddeutschland - und als solche musste man den süddeutschen und den norddeutschen Stil ansehen - sog er seine unerreichte kompositorische Klasse.

Der sprachgewaltige Walter Blicker war bekannt für seine Wortkaskaden. Mit rhetorischer Leichtigkeit lobte er einen Aspekt, hob ihn in die schönste Kritikerhöhe, um das Ganze dann umso wirkungsvoller wieder in die Tiefe der Feuilletonfinsternis zu stoßen. Dieser Artikel war im Grunde eine neue Runde im langjährigen Streit um die Akzentuierung der Barockmusik zwischen Gaus und Blicker. Blicker eröffnete so: „und wieder einmal gelang es Gaus, den Takt aus den Fugen zu treiben: die großartigen Repetitionsfiguren stolperten gegen den metrischen Schritt. Fast wollten wir uns schon daran gewöhnen, doch wir müssen dem verehrten Künstler unserer Stadt zum wiederholten Male vorhalten, was Johann Mattheson in seinem *Vollkommenen Kapellmeister* schon 1739 den Taktschändern entgegenschleuderte: *Wider diese Natur der Zeitmaasse einen mercklichen Fall der Stimme anzubringen ist ein häufig-aufstossender Uibelstand, als wenn das einfältigste Kinder-Plärren zur königlichen Musica gemachet würde!*".

Die Auseinandersetzung zwischen dem Künstler Gaus und dem Kritiker Dr. Blicker um die richtige Interpretation dieses Bachschen Geniestreiches hatte im Lauf der Jahre beinahe Kultstatus erlangt. Was der unbedarfte Leser nicht wissen konnte, natürlich kannten sich die beiden Protagonisten, und die Dispute über die Akzentuierung der Achtelnoten im D-Dur-Präludium wurden meistens im direkten Diskurs ausgetragen, meistens im Gasthaus *Zur Hütte* mit Unterstützung einiger Viertel guten Rieslings aus einem nahegelegenen Anbaugebiet. Und die Dispute wirkten zuweilen wie inszeniert. Sie waren nichts Ungewöhnliches zwischen den beiden, denn sie liebten es, in der Sache die Klinge zu kreuzen, um dann umso entspannter miteinander den Abend zu beschließen. Es spielte sich beinahe wie auf einer unsichtbaren Bühne ab, auf der eine dramatisch-komische Groteske aufgeführt wurde.

Und natürlich gab es auch ein kleines Publikum für diese Szenen: Freunde, Bewunderer der Gausschen Kunst und Verehrer von Blickers Schreibe. Legendär war in diesem Kreis der Streit um den *Phonascus*: ursprünglich ein Begriff der mittelalterlichen Poesie, musste er jetzt für eine Intellektuellen-Posse herhalten. Der pseudo-wissenschaftliche Schaukampf wurde mit schweren verbalen Geschützen austragen. Worthülsen auf Worthülsen türmten Gaus und Blicker in edlem Wettstreit aufeinander, hohle Phrasen der universitären Begrifflichkeit belustigten die Eingeweihten und Kenner, am meisten ihre Urheber selbst. Sie betrieben dieses Spiel schon seit gemeinsamen Studententagen und das war es ja im Grunde auch, ein Pennälerjux, ein Studentenulk.

Der Streit um die richtige Akzentuierung des Bachschen Werkes galt dagegen einem ernsthaften Thema von weitreichender Bedeutung und es verwunderte Schopflenger immer wieder, wie gelassen, ja fast hintersinnig heiter Hanns-Dieter Gaus die Zurechtweisungen Blickers erduldete. Seine Verteidigung war merkwürdig zahnlos und kam mit mäßig einleuchtenden Argumenten aus entlegenen Quellen daher. Man gewann den Eindruck, dass Gaus nicht allzu viel daran liegen könne, in dieser Frage recht zu behalten. Die Musikfreunde der Stadt jedenfalls warteten gespannt auf die Fortsetzung der Kontroverse. Man delektierte sich geradezu an verfeinerten Nuancen und Präzisierungen des immer gleichen Gegenstands.

Schopflenger wunderte sich insgeheim über seinen ehemaligen Lehrer und heutigen Chef. Im Grunde, so dachte er, müsste Gaus ganz genau wissen, dass Blicker recht hatte, und dies zuzugeben, dürfte einem Mann vom Format des Hanns-Dieter Gaus eigentlich nicht schwer fallen. Die Souveränität dazu hätte er wahrlich gehabt. Gaus war nicht nur ein großartiger Musiker, er war auch ein glutvoller Interpret und ein exakter musikalischer Philologe dazu. Niemals akzeptierte er stilistische Willkür, immer spürte er neuen Erkenntnissen über die Quellenlage seines Repertoires nach. Umso unverständlicher dieser Kasus. Hatte er sich vor Jahren schon verrannt und meinte nun, nicht mehr hinter hochgezogene Verteidigungslinien zurück zu können? Oder belustigte er sich insgeheim und trieb die Fehde mit immer neuen Kunstgriffen auf die Spitze, um Dr. Blicker zu provozieren? Wollte der Kantor mit dem Streit um sein geliebtes Präludium nur noch unterhalten und wurde unversehens zum Voyeur seiner selbst? Schopflenger konnte sich je länger desto weniger einen Reim darauf machen. Er ahnte, dass der Kulturdoktor recht hatte, mutmaßte, dass der verehrte Mentor früher Jahre irrte, und war sich gar sicher, dass Hanns-Dieter Gaus selbst wusste, auf welch verlorenem Posten er in dieser Sache stand.

Schopflenger saß im Büro und starrte auf den leer gefegten Schreibtisch gegenüber: Fein säuberlich hatte Gaus ihn aufgeräumt, nur die Rezension lag darauf, nicht akkurat im rechten Winkel zur Schreibunterlage, nicht im Ablagekörbchen. Sie lag wie hingeworfen oder zufällig hereingeflogen. Und genau diese Asymmetrie irritierte ihn. Das Stillleben aus Tisch und Zeitungsausschnitt schien wortlos darüber Auskunft zu geben, dass etwas nicht im Lot sei, vielleicht gar etwas Außergewöhnliches vorgefallen sei. Oder war alles nur Einbildung? Eine rationale Erklärung gab es nicht, nur ein ungutes Gefühl beschlich ihn: Wo war Gaus? Wo war der gewissenhafte und strukturierte Macher, der sich seine organisatorische Intelligenz erfolgreich zunutze machte, um ein gewaltiges Arbeitspensum zu bewältigen? Ohne eine Nachricht zu hinterlassen und für Tage zu verschwinden, das passte so wenig ins Bild dieses Mannes, wie der Zeitungsausschnitt zu den Koordinaten des Tisches.

Harald Schopflenger arbeitete seit vier Jahren im Büro des Kantorats und galt als Mädchen für alles. Schreibarbeiten, Telefondienst, Konzertorganisation, Registrant bei Orgelkonzerten, Korrepetitor bei den Chorproben und Substitut für alle Orgeldienste, die Gaus nicht selbst wahrnehmen konnte.

Er war der geborene Assistent und notfalls auch als Orgelbauer einsetzbar, wenn es galt, an der riesigen Orgel mit ihren 96 Registern, dem viel gerühmten *Wunderwerk* der großen Kirche, Stimmungen und kleinere Reparaturen vorzunehmen. Das kam nicht von ungefähr. Schon als Schüler hatte Jean-Harald Schopflenger, so sein ganzer Name, Orgelunterricht beim Vorgänger von Hanns-Dieter Gaus genommen, und als begeisterter Chorsänger von Jugend auf fühlte er sich in den Chören der großen Kirche zu Hause.

Der Nasalklang *Jean*, der so gar nicht zu Harald oder gar zu Schopflenger passen wollte, ließ das Namensgebilde holpern. Aus diesem Grund verzichtete er auf Jean samt Bindestrich, obwohl es die einzige Erinnerung an seine früh verstorbene Mutter darstellte, eine junge Französin, die der alte Schopflenger in den zwanziger Jahren geheiratet hatte. Doch Harald machte aus seiner französischen Herkunft kein Aufhebens, überhaupt hatten alle seine Tätigkeiten keine nennenswerte öffentliche Resonanz; Jean-Harald Schopflenger schien mit seinen Leistungen nicht wirkliche Außenwirkung zu suchen.

Papa Schopflenger atmete damals erleichtert auf, als Harald die halbe Stelle im Büro von Gaus angeboten bekam und schließlich auch antrat. Die in den Augen des Vaters *brotlosen Studien* der Germanistik, Philosophie und Musikwissenschaft wurden mit Misstrauen und Skepsis begleitet, die sich anschließenden privaten Kompositions- und Theoriestunden bei dem greisen Prof. Aribert Mouquet gar mit Entsetzen registriert. Zu einem Examen konnte sich Harald nie durchringen, und so blieb er auch als Mittdreißiger ein scheinbar weltfremder Künstler-Philosoph, dem die Beziehung zu einem bürgerlichen Broterwerb wohl gänzlich abging.

Doch Harald wusste von Anfang an sehr genau, was er nicht wollte: Einen Magister in Musikwissenschaft betrachtete er als praxisfernes Erzeugnis aus den Untiefen scholastischen Stumpfsinns, ein reguläres Musikstudium wäre ihm wiederum zu einengend pragmatisch und handwerkernd gewesen. Er hatte eigene Pläne. Er disponierte seine Lebenszeit für sein Lebensthema: die Apokalypse des Johannes. Die *Offenbarung,* das letzte Buch der Bibel faszinierte ihn wie sonst nichts. Er widmete dieser bedeutendsten Vision der Menschheit alle freie Zeit und versuchte, ihren Geheimnissen unter Zuhilfenahme diverser Techniken auf die Spur zu kommen.

Seit siebzehn Jahren, quasi von Jugend auf, arbeitete er an einer mehrbändigen Philosophie der Apokalypse. Ein Roman sowie zahlreiche Aquarelle und Zeichnungen entstanden und sein kompositorisches Hauptwerk, ein Oratorium für Solisten, Chor und Orchester, lag in der Rohfassung skizziert vor. Einen Zyklus von Orgelstücken und das unvollendete Streichquartett mit Sprecher betrachtete er als Vorarbeiten oder Nebenprodukte. Dass er abgesehen von dieser berufungsgleichen Tätigkeit als multipler Eschatologe, er sah sich als Sprachrohr der Apokalypse, auch noch einem Broterwerb nachgehen musste, empfand er inzwischen mehr als Glücksfall denn als Belastung. Die Tätigkeit in einem Büro für Kirchenmusik kam seinen Neigungen entgegen und der Vorrang, den die Arbeit in der großen Kirche nolens volens hatte, erlöste ihn von vielen unproduktiven Stunden des Brütens vor leerem Papier. Jetzt hatte er weniger Zeit für seine Schöpfungen, und die Zeit, die ihm blieb, wurde kostbar. Aber dieser Zeitdruck beförderte seine Kreativität mehr, als er je für möglich gehalten hatte. Der bei Schöpfernaturen bekannte und allseits gefürchtete *horror vacui* verflüchtigte sich zusehends.

Kirchenmusikdirektor Hanns-Dieter Gaus schätzte die vielseitigen Fähigkeiten seines Assistenten, und er stützte sich auf seine Zuverlässigkeit. Schopflenger kannte die Orgel, die Chöre und die Gemeinde der großen Kirche wie kein Zweiter. Seine Bescheidenheit und seine subtile Menschenkenntnis machten ihn zum unentbehrlichen Mitstreiter bei der Realisierung wichtiger Aufgaben.

2

Schopflenger nagte unentschlossen am vorgekauten Ende seines Bleistifts, den Blick unverändert auf die Silvesterkritik gerichtet, aber er las schon lange nicht mehr darin. Er grübelte. Er musste herausfinden, woher die Unruhe kam, die immer stärker wurde, je länger er in diesem Büro saß. Er wurde den Verdacht nicht los, dass etwas Ungewöhnliches vorgefallen sein musste. Tatsächlich sprach nur die Schräglage eines Zeitungsausschnittes gegen die Normalität. Er hatte keine konkreten Anhaltspunkte. Ein Blick aus dem Fenster bot eine Erklärung für die diffuse Stimmung: Draußen war es bitter kalt geworden, doch der Schnee ließ noch auf sich warten. Ohne Schnee waren die ersten Tage im Januar aber unglaublich grau, wie verkatert. Als ob der Silvesterrausch für einen tagelangen Katzenjammer gesorgt hätte, als ob der Glanz der Neujahrsnacht mit solch trüben Tagen bezahlt werden müsste. Das Leben tönte dumpf, wie in Watte gepackt, Energien schienen reduziert, Initiativen wirkten mühsam, Ideen farblos, alles war wie von unsichtbaren Riesenhänden niedergedrückt: eine winterliche Melancholie.

Sollte er die gestapelten Orchesternoten aus den Weihnachtsgottesdiensten wieder einsortieren: die an den hohen Feiertagen musizierten Kantaten von Buxtehude und Vierdank, die figuralen Chöre aus Bachs Weihnachtsoratorium, Höhepunkte der Christvespern vom Heiligabend? Lästig dieses Nachzählen des Notenmaterials. Sicher fehlte wieder irgendeine

Stimme, meist die Bratschenstimme vom letzten Pult. Das verhieß eine mühsame Recherche, telefonieren, bis das Blatt bei einem der Musiker ausfindig gemacht ist und dann durch die branchenübliche Weitergabe von Hand zu Hand wieder zurückkommt. Die Erfindung der Post, eine im Grunde nicht unbeachtliche zivilisatorische Errungenschaft, wurde von den modernen Nachfahren der Hofmusiker und Stadtpfeifer geflissentlich ignoriert. Man traute ihr einfach nicht über den Weg, scheute Kosten und Aufwand eines Versands. Nein, so gesehen hatte Gaus natürlich recht. Nach dem Weihnachtsrummel für ein paar Tage zu verschwinden, das bot sich an. Er hatte vermutlich nur vergessen, Bescheid zu geben, und das konnte ja passieren. Schopflenger beschloss, in die Kirche zu gehen, um wenigstens eine Stunde an der Orgel zu üben. Das würde ihn auf andere Gedanken bringen.

Er riegelte die Bürotüre ab, nahm den Lodenmantel vom Haken und zog ihn über, den Kragen bis unter die Ohren hochgeschlagen, die Haustüre ließ er hinter sich ins Schloss fallen.

Sofort legte sich die trockene Kälte auf sein Gesicht. Wie ein unsichtbares, klebriges Zellophanblatt folierte sie die Nase, zog unangenehm an Augen und Mund. Der kurze Weg führte vorbei am Kirchenvorplatz zum östlichen Seiteneingang der Kirche, durch den Schopflenger gewöhnlich ging. Ein schneller Blick nach oben: Auf der Balustrade des Turmumgangs schienen dem Apostel Thomas die klimatischen Bedingungen ebenfalls zu missfallen. Jedenfalls glaubte Schopflenger dies dem ungläubigen Blick der Sandsteinskulptur entnehmen zu können. Oder hatte sie sich gar bewegt? Dieses Wetter fing an, ihm unheimlich zu werden.

Gewöhnlich lag der Organisteneingang an der Westseite, direkt neben dem viel benutzten, von der Tullastraße her zugänglichen Eingang zu den Kirchensälen. Schopflenger bevorzugte das Pendant auf der Ostseite, ein Treppenhaus, das ebenfalls zur Orgelbühne führte. Den früher stillgelegten Zugang erweckte er aus dem Dornröschenschlaf, als er einen der Generalschlüssel ergattern konnte. Gaus hatte nahezu zwei Jahre gebraucht, um für seinen Mitarbeiter dieses heilige Schlüsselrecht zu erwirken, und Schopflenger dachte noch mit Schaudern an den zeitraubenden Sermon, den sie beide in Wort und Schrift ersannen, um den Schlüsselstreit für sich zu entscheiden. „Kleinlicher Kinderkram", das ärgerliche Raunzen von Gaus hatte er noch gut im Ohr.

Im Treppenhaus der Kirche wurde es wesentlich angenehmer, denn die Sandsteinmauern speicherten die Wärme und gaben sie nach und nach wieder ab. Im Kirchenraum selbst konnte sich Schopflenger sogar ohne Mantel an die Orgel setzen. Er griff nach seinem Notenbündel, es lag auf dem rückwärtigen Sims der Kreuzigungsskulptur, welche die Orgelempore zum Kirchenraum abgrenzte. Er schwang sich auf die Orgelbank, den Motor und das Licht noch in der Drehbewegung einschaltend, und spielte los, sobald die Motoren genügend Wind in die Bälge gepumpt hatten.

Karg-Elerts *Impression in Des-Dur* aus den *Zehn charakteristischen Tonstücken* op. 86 lag oben auf. Die anfangs nur schemenhaft sich entfaltende Melodie über halbtonweise absteigenden Terzengängen faszinierte ihn immer aufs Neue. Quasi konturlos, aber unterschwellig doch zielstrebig, führen so die Klänge von Tonart zu Tonart, von Farbe zu Farbe nur um sie sogleich wieder zu verlassen. Der Schwebezustand wird durch einen 7/8-Takt verstärkt. In dieser Taktart fehlt das achte Achtel und dadurch wird jegliche feste Orientierung kunstvoll vermieden, ohne den Hörer einem Unwohlsein auszusetzen. Unwillkürlich führen diese Tonfolgen die Gedanken in exotisches Traumland, wo die Dinge in seltsamem Lichte stehen und die Gestalten sich zitternd verwischen.

Im Jahre 1911 erschien diese Orgelkomposition in einem Münchner Verlag und die Widmung lautete auf Albert Langer, den ersten Organisten der großen Kirche. Schopflenger rätselte, wie Komponist und Verleger so schnell und geschäftstüchtig auf die am 1. Oktober 1911 eingeweihte Kirche und die damit verbundene Berufung Langers reagieren konnten. Noch mehr faszinierte ihn, wie maßgeschneidert das Stück zur großen Steinmeyer-Orgel passte, ja wie es geradezu für sie konzipiert schien. Mit ihren 96 Registern galt die Instrumentenkönigin als eines der bedeutendsten Orgeldenkmäler der deutschen Spätromantik und die schier unerschöpfliche Klangfarbenpalette wurde in der *Impression in Des-Dur* raffiniert genutzt: Die Lautstärke und der Obertonreichtum waren immer regulierbar durch drei schwellbare Manuale. Sie alle standen auf Sechzehnfuß-Basis und konnten somit auch die Kontrabassfunktion abdecken. Soloflöten, Streicherschwebungen und Cornette standen überall zur Verfügung. Vor allem das reichbesetzte dritte Manual, disponiert in der Art eines französischen Schwellwerks und um fein intonierte Teiltonregister wie Quinte 1 1/3' und Septime 1 1/7' erweitert, machten das Instrument zu einem über die Spätromantik hinausweisenden Farbenorchester. Der Leipziger Komponist Sigfrid Karg-Elert selbst war es, der in den zwanziger Jahren in einem weit verbreiteten Fachbuch diese Orgel *Wunderwerk* taufte und dabei von den „köstlich spinnwebenfeinen Perlstimmen der Steinmeyerschen Musterorgel“ schwärmte.

Schopflenger gelangte zum Mittelteil der Impression. Hier herrscht ein archaischer Tonfall vor: Aus dem *des* wurde *cis*, aus *Dur* wurde *Moll* und schon war eine andere Welt erstanden. Hier schrauben sich Melodien und Motive immer weiter nach oben, Akkord für Akkord führen ansteigende Tonleitern zu einem kontrollierten Ausbruch, wachsen harmonische Dichte und dynamische Kraft weiter an und brechen doch jäh ab, wie Felsen von einem Berg, in die Tiefe sinkend, schnell verstummend, resignierend bis zur völligen Stille.

Ein fahler Sonnenstrahl erhellte plötzlich die Orgelbühne. Im linken Glasfenster bekamen die Farben mehr Kraft und das oben eingelassene Medaillon mit der Darstellung des depressiven König Saul und des musizierenden David wurde lebendiger. Davids Harfe leuchtete intensiver und schien in Sphärenklängen zu räsonieren, die sich wie durchsichtige Schleier auf die Harmonien legten. Ein Phänomen für Auge und Ohr: mystisch-lichte Farbklänge, geheimnisvoll und verzaubernd. Im Glasfenster hellte sich das düstere Antlitz des König Saul auf, man glaubte gar, ein Lächeln zu erkennen, ein Effekt, den Schopflenger wiederholt beobachten konnte und den er auf einen raffinierten Kunstgriff des Glasmalers zurückführte.

Schopflenger spielte weiter und begann eben mit der Reprise des Eingangsteils, diesmal auf dem vierten Manual, denn er wollte die Schlussapotheose auf dem *Fernwerk* mit den Doppelschwellern ins Unhörbare entschwinden lassen, da bemerkte er, dass die beiden im Kirchendach hintereinander eingebauten Jalousien nicht reagierten. Jetzt fiel es ihm wieder ein: Gaus hatte schon nach dem Neujahrsgottesdienst davon gesprochen, dass an den Schwellern im *Fernwerk* ein Defekt vorliegen müsse, das Gestänge könnte an einer Stelle gebrochen, die Holzlamellen durch einen Gegenstand blockiert sein oder ein elektrischer Kontakt war oxidiert. Aber wer ging bei diesen Temperaturen schon freiwillig unters Dach um nachzusehen?

Das *Fernwerk* war überhaupt die raffinierteste Einrichtung der Orgel. Diese ins absolute Nichts abschwellbaren Klänge frappierten ungemein! Zwar gab es auch an anderen Groß-

orgeln der Jahrhundertwende ähnliche Einrichtungen, aber die große Entfernung von der Hauptempore machten diese Fernorgel zu einer einmaligen Anlage. Rund achtzig Meter weit entfernt vom Spieltisch stand die Orgel-Enklave zwischen der gewölbten Decke des gegenüber gelegenen Kirchenschiffs und dem darüber gesetzten Dach: eine bewundernswerte Leistung der Orgelbauer und Ingenieure. Mit 15 Registern, drei davon waren Pedalregister, konnte man zweifellos von einer kleinen *Königin der Instrumente* sprechen. Vor allem die beiden Schweller sorgten für unnachahmliche Effekte. Das Tutti der Fernorgel mit Zungen und Mixturen lief mancher Dorforgel den Rang ab und bei geschlossenen Schwellern meinte man tatsächlich, die von Walter Blicker so plastisch beschriebenen, gebändigten Stiere schnauben zu hören. Die Flötenregister perlten leicht und hell von oben in den Kirchenraum und ein Weihnachten ohne *Stille Nacht* oder *Vom Himmel hoch* auf der zarten, schwebenden *Vox coelestis* war unvorstellbar. Tausende hielten am heiligen Abend den Atem an und rührten sich nicht, um diesen überirdischen Tönen zu lauschen.

Schopflenger nahm den Schlüssel für das *Fernwerk* vom Haken und stapfte das Treppenhaus hinunter zurück ins Freie. Der Turmaufgang, der gleichzeitig ins Fernwerk führt, verbirgt sich hinter einer kleinen Türe, die unauffällig platziert, aber gegen das Symmetrieprinzip der ganzen Kathedrale verstoßend dem Treppenhaus benachbart liegt. Auf der Westseite gibt es keinen Aufgang und keine entsprechende Türe. Eine enge, mit gelben Lehmziegeln ummauerte Wendeltreppe führt vorbei an zwei geheimnisvollen Türen. Hinter der ersten verbirgt sich eine Abkürzung zum Treppenhaus, hinter der zweiten das sogenannte *Architektenstübchen*, inzwischen eine Rumpelkammer für Lichtpausen der Baupläne und Gipsmodelle von Skulpturen und Reliefs.

Schließlich endet der Aufgang an der Betondecke, die über der Orgelempore gespannt ist. Vorbei am Dachgebälk aus gegossenem Beton über breite, abgenutzte Holztreppen gelangt man auf ein Hochplateau, das den Scheitelpunkt der Kirchen-Kuppel bildet. Auf ihm stehen die Zugmaschinen für den schweren Kronleuchter, das große Uhrwerk - in seinen Ausmaßen ohne weiteres einer Mönchsklause vergleichbar - und die schmiedeeiserne Wendeltreppe, die nach oben zum Glockenstuhl und den Turmgalerien hin frei aufgehängt ist. Auf der entgegengesetzten Seite befindet sich der kleine, unscheinbare Abgang zum *Fernwerk*. Außer der Treppe und einem billigen Holzverschlag gibt es wenig zu sehen, und nur ein Ortskundiger kann überhaupt wissen, was sich dahinter verbirgt und wo der Zugang zu finden ist.

Schopflenger kramte den Schlüssel aus der Tasche und wollte die Türe öffnen. Zu seiner Überraschung hing das Vorhängeschloss bereits lose an dem verbogenen Blechstreifen, der als Riegel für die Tür diente. Er beugte sich vor, ging in die Hocke, öffnete die Tür und griff mechanisch nach dem innen angebrachten Lichtschalter des Verschlags. Er war schon eingestiegen, als die Stablampen mit Verzögerung aufleuchteten. Beim ersten Blick in die Schwelleranlage machte er vor Schreck einen gewaltigen Satz nach hinten, schlug mit Ellenbogen und Kopf an die rückwärtigen Eisenstangen und schrie auf. Der entsetzliche Anblick lähmte ihn für Sekunden.

3

Das geschäftige Treiben am Tatort stockte aufgrund der engen Verhältnisse ständig. Man blockierte sich gegenseitig. Viel Platz hatte die Spurensicherung nicht, um ihre akribischen Untersuchungen vorzunehmen. Es konnte ja kaum mehr als eine Person in den Hohlraum der Schwelleranlage klettern. Dadurch ließen sich die Details nur nach und nach ermitteln. Auch der Fotograf hatte Probleme, die Umgebung der Leiche, ihre Lage und ihren Zustand zu dokumentieren. Immer wieder leuchtete das Blitzlicht auf und ließ die gespenstische Szene aus dem Dunkel hervortreten.

Die Untersuchung der Spuren gestaltete sich außerordentlich schwierig: Das alte Holz, Staub aus Jahrzehnten, Fingerabdrücke von Handwerkern und Besuchern überlagerten sich. Fußabdrücke oder Spuren einer Manipulation waren auf den rohen Brettern des Schalltrichters und der Treppe nicht auszumachen. Weißer Kalksand, lose Mörtelstücke oder abgesprungene Ziegelteilchen, alles lag diffus durcheinander und war kaum chronologisch zu ordnen. Es dauerte viele Stunden, bis der leitende Kommissar und der herbeigerufene Staatsanwalt den Leichnam freigaben. Der Abtransport durch die engen Luken und Treppenabgänge erwies sich als mühsam und zeitraubend.

Vor der Obduktion wollte keiner der Kriminalisten eine Aussage über den Hergang des Geschehens oder die Todesursache machen. Der Grund dafür dürfte wohl in der Ratlosigkeit gelegen haben, die der ungewöhnliche Tatort bei den Ermittlern auslöste. Auch Schopflenger durfte den Kirchenboden bis auf weiteres nicht mehr betreten, und er war hin und her gerissen zwischen dem Drang, mehr über den Tathergang zu erfahren und dem Erschaudern, das diese Entdeckung bei ihm hinterlassen hatten: der Anblick des toten Gaus', die atemlose Hast zurück ins Büro, die überstürzten Telefonate, das Erscheinen der Polizeibeamten, zunächst vom Stadtteilrevier, dann das Eintreffen der Kriminalpolizei, Arzt, Spurensicherung und schließlich der Aufmarsch des Staatsanwalts mit seinem großem Gefolge. Fast wie ein Film zogen die Bilder vor seinem Inneren vorbei. Hatte er das wirklich erlebt oder war es nur ein Spuk?

Immer wieder kehrten seine Gedanken zurück zu den ersten Sekunden, in denen das nüchterne Arbeitslicht die Sicht auf das Schreckliche freigab. Im Grunde war der Anblick künstlich, fast unwirklich gewesen, eine makabere Inszenierung, deren Grauen ihn verfolgte. Wie ein Vogel hing Gaus da, wie ein Vogel, der sich im Gestrüpp von Stromleitungen verfangen hat: Die Arme ausgebreitet, den Körper schräg wie eine Puppe in der Luft, die Beine herunterbaumelnd, Hut und Brille auf dem Boden, die Augen stierten wie irrsinnig ins Leere, als ob der Tod von Ferne auf ihn zukommen würde. Aufgespießt hatte ihn das Gestänge des Schwellwerks, jedenfalls sah es so aus oder es sollte so aussehen. Gaus hing genau in den Lenkstangen zwischen der ersten und der zweiten Jalousie, umgeben von den beweglichen, vertikalen Holzlatten und war nur durch die etwas breiteren Spalten der Zwischenräume zu sehen. Diese durchbrochene Sicht verstärkte den gespenstischen Effekt. Es war exakt jener Hohlraum, in dem einst die *Celesta* des *Fernwerks* gestanden hatte und von dem sie ihre sphärenhaften Klänge aussandte, ein Verschlag gerade groß genug, um zwei Personen in gebückter Haltung aufzunehmen.

Schopflenger saß bereits wieder seit Stunden im Büro. Der Bleistift war weitgehend abgenagt und kaum noch benutzbar. Der Zeitungsausschnitt, der ihm die böse Vorahnung schon suggeriert hatte, lag unberührt in seiner Schieflage und war weiterhin das Ziel seines starren Blicks. Ziellos zwischen ohnmächtiger Hilflosigkeit und verzweifeltem Tatendrang hin und her geworfen, kreisten die wenigen klaren Gedanken um die Todesumstände von Hanns-Dieter Gaus.

Das Gestänge der Schwelljalousie kam als Todesursache nicht in Frage. Dazu war es weder scharf noch stabil genug und außerdem, wer hätte die Apparatur vom Spieltisch in der Kirche aus genau in dem Moment bewegen sollen, in dem Gaus in den Zwischenraum einstieg, um nach dem aufgetretenen Defekt zu sehen? Nein, für diesen Mord - und nur ein solcher kam für Schopflenger in Frage - benötigte man eine andere Mordwaffe, und der Tod war vermutlich auch nicht im Fernwerk eingetreten, denn der Täter hätte sich weder in der Schwellanlage verstecken, noch hätte er zu einem wie auch immer gearteten tödlichen Schlag oder Stich oder Schuss ausholen können. Und vor allem: Der Mörder muss den bereits toten Gaus sorgfältig dort hin drapiert haben, wo man ihn vorfand. Perverse Inszenierungsgelüste oder blanker Irrsinn, nur darauf ließ diese Tat schließen. Doch warum hätte jemand diesen Mord begehen sollen? Wer hatte einen solchen Hass gegen Gaus? Wer wäre zu einer solchen Brutalität fähig? Rätselhaft und unbegreiflich der ganze Vorfall. Harald Schopflenger fand keine Erklärung.

Ein naheliegender Gedanke durchzuckte Schopflenger wie ein Stromstoß und riss ihn aus seiner Lethargie: Es war eine genaue Ortskenntnis notwendig, um diese Tat durchzuführen. Über diese Ortskenntnis dürften nur wenige verfügen, denn wer kennt schon die Lage des Fernwerks? Wer weiß von seiner Bauart und von der Existenz des Hohlraums? Sicher, ganz klein ist auch dieser Personenkreis nicht. Pfarrer, Kirchendiener, Kirchenälteste, Architekten, Handwerker, Orgelbauer, Organisten und Orgelenthusiasten oder interessierte Gemeindeglieder waren schon hier oben gewesen und haben einen Blick durch die geöffneten Luken tief hinunter ins Kirchenschiff gewagt. Über Jahrzehnte gerechnet dürfte es eine Hundertschaft gewesen sein, aber für einen Mord an Kirchenmusikdirektor Hanns-Dieter Gaus kamen sie eigentlich alle nicht in Frage.

Nachdem er den ganzen Nachmittag und auch den größten Teil des Abends sinnierend dagesessen hatte und keine Chance sah, durch irgendwelche Tätigkeiten seinen Schockzustand zu überwinden, löschte er das Licht und ging mit Mantel und Hut in die Kälte der Januarnacht hinaus. Im Mondlicht warf die Kirche bizarre Schatten auf den Platz. Die steinernen Apostel wuchsen zu baumlangen Ungetümen, es ergaben sich vampirartige Silhouetten. Harald beschleunigte unwillkürlich seinen Schritt, obwohl er wusste, dass es unsinnig war und ihm sicherlich keine Gefahr von den frommen Figuren drohte. Zu Hause angekommen ging er bald ins Bett und wälzte sich die ganze Nacht von einer Seite auf die andere. Die Eindrücke des Tages verfolgten ihn immer dann am stärksten, wenn er endlich in den Schlaf gefunden hatte. Der tote Gaus begann sich plötzlich aus seiner Totenstarre zu bewegen, gab ihm Anweisungen, die Register der Orgel um einen Ton tiefer zu stimmen oder in den Boden des Büros ein Loch zu sägen. Dann hüpfte er wie Rumpelstilzchen um das Loch herum und kreischte albern mit einer Fistelstimme: „Das ist Kunst!" und wurde dabei immer wilder: „Das ist Kunst!" Jedes Mal wachte Harald schweißgebadet auf, wechselte den Schlafanzug und das Spiel begann von vorne, bis er endlich gegen Morgen tief einschlafen konnte.

Am nächsten Vormittag saßen die Beamten der Sonderkommission stundenlang im Kantoratsbüro und wohl auch in der Wohnung von Gaus. Rund ein Dutzend Mitarbeiter nahmen alles in Augenschein, notierten die Bestände und sortierten Akten und Unterlagen in die bereitstehenden blauen Plastikwannen. Zu den Tatumständen gab es nach wie vor keine

Auskunft, aber Art und Umfang der Untersuchungen ließen zweifellos auf eine Mordermittlung seitens der Polizei schließen. Schopflenger hatte die kurze Notiz vom Tod seines Chefs im *Abendblatt* gelesen, der Oberbürgermeister sprach spontan von Trauer und Bestürzung, der Kulturbürgermeister war urlaubshalber nicht erreichbar, der Feuilletonchef brach den Urlaub ab. Eine ausführliche Würdigung des Künstlers Gaus sei in den nächsten Tagen ebenso zu erwarten, wie man die Leser über die neuesten polizeilichen Erkenntnisse auf dem Laufenden halten wolle. Von Mord war nicht die Rede, auch nicht von einem Unfall. Die Behörden hielten sich bedeckt.

Auch Schopflenger bekam keine Auskünfte. Der leitende Kriminalhauptkommissar war selbst nur wenige Minuten vor Ort und für Zivilpersonen nicht zu sprechen. Alle anderen Beteiligten gaben keine Antworten auf die Fragen der betroffen dreinblickenden Kirchenleute. Wie ferngesteuerte, taubstumme Büroknechte, wie ameisengleich dressierte Angestellte eines asiatischen Handelskontors gingen die Ermittler zielstrebig ihren Tätigkeiten nach, sich untereinander nur mit kurzen, gemurmelten, unverständlichen Sätzen verständigend.

Am späten Nachmittag zogen die Kriminalisten ab und Schopflenger saß erneut im Büro, einen frischen Bleistift mit ersten Bissspuren in der Hand. Den Zeitungsausschnitt hatte er gerade noch rechtzeitig vor dem Eintreffen der Polizei vom Schreibtisch genommen und ordnungsgemäß abgeheftet. Bislang war das immer ein Routinevorgang gewesen. Aber dieses Mal war es ein Akt mit bedrückender Symbolik: Es war unwiderruflich das letzte Konzert von Hanns-Dieter Gaus und damit auch die letzte Konzertkritik, die abzulegen war. Ganz kurz überlegte er auch, ob er diese Besprechung der Polizei hätte übergeben müssen. Enthielt die Kritik vielleicht irgendwelche Indizien, die er nicht erkannte? Machte er sich der Unterschlagung eines Beweisstückes schuldig? Harald schob den Ordner ins Regal, sein Magen knurrte, er hatte den ganzen Tag noch nichts gegessen.

4

Die Tür ging auf und Babette Hettinger schwang sich an dem zum Raumteiler aufgewerteten Registraturschrank vorbei. In der nächsten Sekunde stand sie mitten im Raum, wie es ihre typische Art war. Die Gemeindediakonin und Frauenkreisbeauftragte des Kirchenbezirks war nur einen Meter sechzig groß und unter ihren selbst gestrickten, einfarbigen Pullovern, die je nach Jahreszeit zwischen dunkelgrau und gedecktem blau changierten, wogten gewaltige Brüste, von denen die Wollbahnen so elegant über die restlichen Körperpartien fielen, dass die dort vorherrschende, gesegnete Fülle nicht weiter ins Auge stach. Trotzdem war sie beweglich und agil, bisweilen regelrecht schwungvoll. Sie strahlte echte Fröhlichkeit aus, für ihren Beruf ideal, ein wenig Naivität war dabei, aber das brachte ihr zusätzliche Sympathien ein. Die großen Backenknochen hätten das Gesicht streng werden lassen, wenn nicht die beiden kleinen, ein wenig tief sitzenden Augen und die niedrige Stirn, bedeckt von einem braunen Ponyschnitt, eine gewisse Pfiffigkeit ausstrahlten. Ihren pfälzischen Dialekt versuchte sie in jedem zweiten Satz zu unterdrücken. Das gelang zwar nicht, aber sie wirkte dadurch kumpelhaft und bodenständig.

Sie war überall beliebt und auch Harald Schopflenger mochte sie gut leiden, obwohl ihm nicht entgangen war, dass Babette sich zuweilen mehr als nötig in seiner Nähe aufhielt und sich womöglich nähere Beziehungen mit ihm zu wünschen schien. Aber sie war nicht aufdringlich, Harald hatte eher den Eindruck, die lebenstüchtige junge Frau vertraue in dieser

Angelegenheit eher auf eine göttliche Fügung, als es mit den althergebrachten Mitteln der weiblichen Umgarnungskunst zu versuchen. Harald war es lieber so, denn bei aller Sympathie konnte er sich eine Liaison mit Babette nicht vorstellen. Seine heimliche Zuneigung galt einer ganz anderen Frau. Die Frau seines Herzens, die in seiner Vorstellung einmal zur Frau seines Lebens werden sollte - alles sehr pathetische Worte angesichts einer bislang eher flüchtigen Bekanntschaft, aber schließlich machte sich der Mittdreißiger ernsthafte Gedanken - schien ihm bisher unerreichbar. Möglicherweise ahnte die Betreffende noch gar nichts von seinen Absichten und ihrem Glück.

Heute hatte die Glocke aber einen Sprung. Babette, die sonst ihr fröhliches Herz sprichwörtlich auf der Zunge trug, war blass im Gesicht. Rote Augenränder, wie entzündet, stachen hervor und Tränen rollten ihr über beide Wangen. Sie brachte kaum einen Ton heraus und Harald nahm sie in den Arm, ob mehr um sie zu trösten oder um selbst Trost zu finden, das wusste er auch nicht.

„Komm, setz dich“, sagte er, als Babette sich wieder etwas erholt hatte.
„Das kann doch nicht sein, Harald, wie kann Hanns-Dieter Gaus in unserer Kirche tödlich verunglücken? Er kennt sich doch aus. Ist er von einer Treppe gestürzt, oder hat er sich in der Orgel verletzt und konnte sich nicht mehr befreien?“
Harald erzählte ihr, was er gesehen hatte, wenigstens in groben Umrissen.
„Nein, Babette, er ist nicht verunglückt, bestenfalls wurde er verunglückt!“
Babette, sonst nicht die Allerschnellste, begriff sofort und der Mund blieb ihr offen stehen wie der Aufschnitt einer Orgelpfeife.

„Du willst sagen, dass er ermordet worden ist?"
Harald nickte.
„Aber um Gottes Willen von wem, und wer sollte so etwas tun?"
Harald konnte weder zur Person noch zu einem möglichen Motiv irgendeine Vermutung äußern und ihre zahlreichen Einwände dagegen nicht mit stichhaltigen Argumenten entkräften.
„Babette, du musst mir glauben, er ist ermordet worden, denn im Gestänge des Fernwerks kann er nicht umgekommen sein, das geht technisch einfach nicht. Der beste Beweis dafür ist das Verhalten der Polizei, die bis jetzt nichts, aber auch gar nichts nach außen dringen lässt, aber mehr als die Hälfte unserer Aktenordner mitgenommen hat. Die suchen nach Anhaltspunkten. Entweder sind sie nah dran und sagen deshalb nichts, oder, was wahrscheinlicher ist, sie tappen völlig im Dunkeln, weil es eben erst einmal keine erkennbaren Spuren gibt."

Harald konnte sich auch nur auf seine Beobachtungen und logischen Schlüsse stützen. Von denen war er allerdings überzeugt. Selbstmord schloss er kategorisch aus, dazu kannte er Gaus zu gut. Auch die in Frage kommenden Todesursachen konnten nicht durch Selbstmord herbeigeführt worden sein, insbesondere der entsetzte Blick des Toten, die weit aufgerissenen Augen, die ihr letztes Gegenüber, sicherlich den Mörder, mehr aggressiv als furchtsam anzustarren schienen, waren für Harald ein klares Indiz gegen jede Unfalltheorie. Babette fröstelte bei den Details, die Harald ihr nach und nach schilderte. Er tat das ganz gegen seinen Vorsatz, denn eigentlich wollte er die Dünnhäutigkeit der Hettinger schonen.

„Du kannst es dir nicht vorstellten, es war ekelhaft, bizarr, grausam und doch irgendwie künstlich und unwirklich."
„Du musst ja Albträume davon haben."

„Ja und nein.“ Er wollte das nicht zugeben. „Hier hat jemand etwas inszeniert. Der Mörder hat einen absurden Sinn für Theatralik, davon bin ich überzeugt. Vielleicht ist er sogar geisteskrank.“

Manchmal hat man ja neue Ideen, wenn man andere an seinen Gedanken Teil haben lässt, wenn man sie laut ausspricht, aber die Unterhaltung mit Babette brachte keinen Fortschritt in Schopflengers Überlegungen, sondern diente letztlich mehr dazu, für ihre Betroffenheit einen Ort zu schaffen. Aber es tat ihm trotzdem gut, darüber zu reden: Er konnte seine Schlussfolgerungen nochmals überprüfen, indem er sie gegen Babettes Einwände verteidigte.

Nach einer halben Stunde wollte er nicht mehr. Er nahm den Kirchenschlüssel und verabschiedete sich. Sie ging in einen der sich anschließenden Gemeinderäume und er lief in die Kirche, um erstmals seit der grausigen Entdeckung wieder an der Orgel zu spielen. Der Kirchenvorplatz, der heilige Thomas oben auf der Balustrade und das Treppenhaus, alles war äußerlich unverändert, aber für Harald Schopflenger war nichts mehr wie zuvor. Die gewohnte Umgebung, die sonst Ruhe und Sicherheit vermittelte, war durch diese Bluttat aus den Fugen geraten, innerlich zitterte er, so sehr er auch dagegen ankämpfte.

An der Orgel angekommen griff er zu einem alten Notenband aus der Präsenzbibliothek von Gaus. Die erste Komposition, die ihm ins Auge stach war Max Regers *Kyrie* aus den *Zwölf Orgelstücken* op. 59. Das war die richtige Musik, um seine deprimierte Stimmung auszudrücken. Das *Kyrie eleison*, zu deutsch *Herr, erbarme dich*, ist eigentlich ein Teil der Messliturgie. Hier war es der Titel eines Orgelstücks, das auch ohne den kurzen Text alles beinhaltete, was man dazu sagen konnte. Das Orgelwerk besteht aus zwei Teilen mit sich nach und nach aufbauenden, dynamischen Höhepunkten. Orgiastische Ausbrüche, deren Anlaufphasen alles mobilisieren, was in einer Orgel steckt, um es bis zum Unüberbietbaren zu steigern: Klangfarbe, Dynamik, Rhythmus, Tempo und Melodie türmen immer neue Steigerungen aufeinander. Der Hörer wird gepackt und mitgerissen wie vom Sog eines Strudels, der alles in sein Kraftzentrum zieht. Harald war klar, dass er hier alles geben muss, was an Ausdruck möglich war, alle Register der großen Orgel würden dazu gebraucht werden.

Leise, wie von heiligen Stimmen gesungen, hebt ein einstimmiger Gesang an. Nach und nach treten immer neue Stimmen hinzu. Und nun setzt sich ein Prozess in Bewegung: Die Beschleunigung des zunächst sehr langsamen Grundtempos wird durch zunehmende Punktierungen und gegenläufige Rhythmen zu einer starren Prozession mit unerbittlicher Zielstrebigkeit. Der Klang steigert sich vom leisesten pianissimo bis zum Tutti der Orgel: eine Spannweite, die durch die atemlose Verdichtung der harmonischen Fortschreitung zum Parforceritt wird. Reger benötigt nur eineinhalb Seiten für diesen Vorgang. Umso überraschender ist dann die Fortspinnung: Vom fortissimo geht es sehr schnell und zielstrebig ins pianissimo zuruck. Harald musste die Walze, ein zylindrisches, drehbares Hilfsmittel, eine Rolle auf der Fußleiste an der alle Register hängen, schnell wie ein Hamsterrad zurückdrehen.

Zwischen den beiden Teilen, die wie Gebirgsmassive einer düsteren Alpenlandschaft sich gegenüber stehen, gibt es dieses kurze Zwischenspiel in Des-Dur. Wie ein fahler Lichtstrahl durch die Wolkendecke schwebt es lieblich und überirdisch dahin. Hier etabliert sich das zweite Thema, in seiner Kürze mehr ein Motiv. Es wird zuerst von wiegenden Figuren begleitet, aber nach und nach taucht dieser musikalische Lichtblick wieder in die Düsternis ab und tiefschwarz sind auch die Akkorde, welche die nächste Steigerung ankündigen.

Harald war erstaunt, wie treffsicher der Katholik Reger hier ein ganz typisch protestantisches Kyrie geschaffen hat, denn das Hauptthema ist unverkennbar dem Lutherlied *Auss tieffer Noth schrey ich zu dir* entnommen. Das Lied, eine Nachdichtung des 130. Psalms, fasst den Aufschrei der Kreatur aus existenzieller Not in unüberbietbar kräftige Worte. Ein Aufschrei, der als die ursprüngliche Gestik des Kyrie verstanden wird: Aus der Dunkelheit, aus der Tiefe, in einem depressiven Gemütszustand die letzte Hoffnung nicht zu verlieren, nicht aufzugeben, sondern zu klagen, anzuklagen, am besten eben zu schreien: *Herr, höre meine Stimme.*

Die ersten vier Töne der Lutherschen Melodie drücken diese Spannung aus: der tiefe Fall um eine Quinte, das kraftvolle Aufbäumen zurück zum Ausgangston und der klagende, sich schmerzhaft anfügende, kleine Sekundschritt. Reger begnügt sich auch in diesem Opus, wie so oft in seinen Werken, mit einem Vierton-Motiv und gestaltet daraus ein ganzes Tongemälde. Das nur wenige Notenseiten umfassende *Kyrie eleison* gilt unter Fachleuten im Vergleich zu seinen bis zu 30 Minuten langen Orgelkompositionen als *Kleiner Reger.* Aber die Dichte der kompositorischen Faktur zeigt Max Regers ganze Meisterschaft und macht es zweifellos zu einem großen Kunstwerk. Gaus bezeichnete das Stück treffend als *Kurzen Reger.*

Beim Umblättern fiel Schopflengers Blick auf das Glasfenster *Jesus lehrt im Tempel.* Merkwürdig, wie da ein kleiner Junge die alten, ehrwürdigen Schrifttafeln mit den hebräischen Lettern den Tempelbesuchern erklärt. Die Darstellung nimmt gefangen durch dieses Paradox eines lehrenden Kindes. Der hebräische Text auf den farbigen Scheiben war keine Dekoration wie so manches grafische Element der damaligen Zeit. Es waren die ersten Verse von Psalm 23, dem Psalm, den jeder Jude und auch jeder Konfirmand auswendig lernte, weil er das Gottvertrauen in guten und schlechten Zeiten so trefflich, so zu Herzen gehend, formuliert. „Und ob ich schon wanderte im finstern Tal fürchte ich kein Unglück, denn du bist bei mir", das hatte schon Unzähligen über Krisen geholfen. „Du bereitest vor mir einen Tisch, im Angesicht meiner Feinde." Harald hatte neulich in der Bibliothek eine ganz unglaubliche Vertonung dieser Verse für Chor und großes Orchester gefunden. Alexander von Zemlinsky war der Komponist. Niemand führte dieses Werk auf, obwohl Harald es der Partitur schon ansah, welche Räume diese Musik öffnen könnte, welche Emotionen sie auslösen würde. Das Stück war das geistliche Pendant zu den spirituellen Dimensionen in Gustav Mahlers sinfonischem Schaffen. Für das Volk des Buches bedeuteten die Psalmen, die Propheten, die ganzen Schriften des Alten Testaments ein zentrales Momentum: Nichts und niemand existiert ohne seine Geschichte.

Nichts und niemand ohne seine Geschichte? Da kam Schopflenger wieder der Mordfall in den Sinn. Hatte er nicht schon mehrfach in Kriminalromanen gelesen, dass jeder Mord in der Persönlichkeit des Ermordeten oder in seiner Biografie begründet liege? Wenn man in der Vergangenheit eines Menschen richtig zu lesen verstünde, dann müsse sich jeder Mord aufklären lassen? Jedenfalls gelang es in den Romanen sehr schlüssig. Einmal mit den Gedanken abgelenkt, war die musikalische Stimmung dahin. Auch wenn er ohne die Informationen der Polizei auskommen musste, so konnte er doch im Kantoratsbüro anhand der Unterlagen das berufliche Umfeld von Hanns-Dieter Gaus bestens durchforsten. Sollte das Motiv für den Mord hier zu finden sein, wäre er vermutlich der Einzige, der es erkennen könnte.

Und, was Harald sogleich in den Sinn kam, Hanns-Dieter Gaus hatte ein starkes Interesse an Geschichte gehabt und seit vielen Jahren Forschungen über die Kirchenmusik in der

Stadt und an seiner eigenen Kirche betrieben. Soweit Harald dies verfolgt hatte, war er insbesondere an einem seiner Vorgänger, Kantor Albert Langer, interessiert gewesen, der im Mai 1945 spurlos verschwand. Man munkelte damals, er habe *Dreck am Stecken* gehabt, was so viel bedeuten sollte wie, dass er im Nationalsozialismus eine allzu angepasste Haltung hatte, ein Mitläufer, gar ein Mittäter war. Die entsprechenden Aktenordner, die Gaus mit Material über Langer angelegt hatte, waren noch vorhanden. Die Polizei hatte sie nicht mitgenommen, wohl in der Ansicht, dass solche hobbywissenschaftlichen Unterlagen nichts zur Aufklärung beitragen können.

Harald war jetzt ganz aus dem Bann der Regerschen Musik herausgerissen. Er blätterte die mürbe gewordenen Seiten der alten Ausgabe zurück und schlug den schwarzen Einband vorsichtig zu. Er staunte nicht schlecht, als er unten auf dem Titelblatt den Namenszug des ursprünglichen Besitzers zum ersten Mal bewusst sah: Albert Langer, Leipzig 1909. Also noch aus Langers Studienzeit bei Reger stammte der Band, möglicherweise hatte Reger höchst selbst dieses Heft in der Hand gehalten und dem Discipulus sogar Hinweise eingetragen. Harald legte das Buch zurück wie ein rohes Ei.

5

„Mord unterm Kirchendach - Organist in der Fernorgel erstochen“, so titelte das *Abendblatt* schon auf der ersten Seite über den zweifellos spektakulärsten Mordfall des Jahres. Auf Seite drei wurden endlich Einzelheiten geschildert. Hanns-Dieter Gaus, Kirchenmusikdirektor und einer der angesehensten Musiker der Stadt, seit elf Jahren an der großen Kirche als Kantor und Organist tätig, wurde, wie in der gestrigen Ausgabe schon berichtet, im sogenannten *Fernwerk* der berühmten Steinmeyer-Orgel, einem im Dachgebälk eingebauten Echo-Instrument, tot aufgefunden. Die Obduktion bestätigte erste Verdachtsmomente der Kriminalpolizei, wonach Gaus mit Sicherheit ermordet wurde und zwar mit einem langen, flachen, aber sehr scharfen Gegenstand oder einer Klinge ähnlich einem Bajonett. Der erste der kaum sichtbaren Einstiche traf in den Bauch und war ca. 30 cm tief, der zweite, tödliche Stich ging zwischen der vierten Rippe und dem Brustbein direkt ins Herz und führte den Tod sofort herbei. Weiter wies die Leiche keine Verletzungen oder Prellungen auf, so dass sie von der Staatsanwaltschaft und der Kriminalpolizei zur Beisetzung freigegeben wurde. Die Todeszeit war aufgrund der Witterung schwer zu bestimmen, die Temperatur im Kirchendach beträgt in dieser Jahreszeit zwischen minus eins und minus fünf Grad Celsius. Die Leiche war schon starrgefroren, bevor die Totenstarre einsetzen konnte und bevor Verwesungserscheinungen hätten auftreten können.

Schopflenger schnäuzte sich die Nase, die seit gestern Abend wie ein defekter Bierhahn auf dem Gemeindefest tropfte, und dachte mit Schaudern an die von Schmeißfliegen abgesetzten Maden, die sich üblicherweise nach einigen Stunden an jeder Leiche vorfanden und an deren Fressstadium die Todeszeit genau bestimmt werden konnte. Wenigstens dieser ekelhafte Zustand war Gaus durch die Kälte erspart geblieben.

Gaus wurde einige Tage nicht gesehen, so der Zeitungsbericht weiter. Der Letzte, der ihn lebend gesehen hatte, war der Kirchendiener. Dieser habe nach dem Neujahrs-Gottesdienst noch mit dem Opfer gesprochen. Der zweite Organist und Sekretär des Ermordeten gab an, dass Gaus ihn am Morgen des 1. Januar über einen Defekt an der Fernorgel in Kenntnis setzte. Der Sekretär war es auch, der drei Tage nach dem Verschwinden seines Chefs den Defekt in der Schwellanlage bemerkte und beheben wollte, dabei die Leiche entdeckte und die Polizei alarmierte. Hanns-Dieter Gaus war in diesen drei Tagen nicht vermisst worden, weil seine Frau zu einer Kur in den Schweizer Bergen weilte, seine erwachsenen Kinder sich an ihren Studienorten in München bzw. Göttingen aufhielten und keine dienstlichen Termine anstanden. Eine ausführliche Würdigung des künstlerischen Wirkens von Hanns-Dieter Gaus erscheine im Kulturteil der morgigen Ausgabe. Die Beisetzung finde am Samstag auf dem städtischen Hauptfriedhof, ein Gedenkgottesdienst am Sonntag in der großen Kirche statt. Die Kriminalpolizei bittet die Bevölkerung um sachdienliche Hinweise, die zur Aufklärung dieses abscheulichen Verbrechens beitragen könnten.

Das Telefon klingelte und Schopflenger zog den Gürtel um den Morgenmantel fester, wischte sich über die Nase und nahm den Hörer ab.
„Kriminalpolizei, guten Morgen, Herr Schopflenger“, so schallte es ihm entgegen, nachdem er sich gemeldet hatte. „Wir hätten ein paar Fragen an Sie, könnten Sie gegen zehn Uhr an der Kirche sein?“
Er war überrascht und reagierte verunsichert.
„Natürlich, Sie finden mich im Büro am Kirchplatz, Hausnummer sechs.“

Harald zwängte sich in seine Kleidung, griff in seine Schublade, entnahm ihr drei Stofftaschentücher und verließ das

Haus. Das Büro war nur wenige Minuten von seiner Wohnung entfernt und er sah schon von weitem den zivilen Einsatzwagen der Kripo, der vor dem Pfarrhaus im Parkverbot abgestellt war. Dabei gab es doch die drei Gästeparkplätze für Besucher des Pfarramts. *Vater, Sohn* und *Heiliger Geist* wurden sie im Volksmund genannt.

Er lief geradewegs auf das Büro zu, denn er begann bereits zu frösteln und sein Kopf pochte heißer und heißer. Er hatte den Schnupfen unterschätzt. Dieser entpuppte sich als Vorläufer einer veritablen Grippe. Nach den Strapazen der letzten Tage war das nicht weiter verwunderlich. Im Büro angekommen schaltete er den Wasserkocher ein, doch bevor er sich einen Tee aufgießen konnte, klingelte es und zwei Kriminalbeamte betraten das Büro.

„Herr Schopflenger, Sie haben vorgestern bereits ausführlich unsere Fragen beantwortet, aber wir gehen routinemäßig alle Beteiligten nochmals durch. Mit zwei Tagen Abstand ergeben sich neue Aspekte."
Zum Sitzen nahmen sich die Herren keine Zeit, sie verhandelten im Stehen und ohne Umschweife.
„Insbesondere solange man noch unter dem ersten Schock steht, ist man unwillkürlich blockiert und erinnert sich nicht an alle Details, die wichtig sein könnten. Ist Ihnen inzwischen etwas eingefallen, das uns weiter helfen könnte, haben Sie irgendwelche Unregelmäßigkeiten in den Tagen oder Wochen vor dem Verschwinden von Gaus bemerkt?".
Harald antwortete wahrheitsgemäß „Nein!", denn seine jüngste Überlegung, die historischen Forschungen von Hanns-Dieter Gaus könnten eine Spur enthalten, schien ihm plötzlich sehr spekulativ. Alle anderen Informationsquellen über Gaus hatte die Polizei ja mitgenommen. Ein Hinweis von seiner Seite auf die Ordner zur Kirchenmusikgeschichte konnte höchstens dazu führen, dass diese Unterlagen auch

noch konfisziert werden würden. Harald stellte sich vor, dass sie dann von einem der Materie völlig fremden Mitarbeiter bearbeitet würden, ein Routinevorgang, bei dem das Entscheidende wohl nicht erkannte werden würde. Nein, die Akten waren bei ihm wirklich besser aufgehoben.

„Herr Schopflenger, wir haben uns Gedanken gemacht, wer vom Tod des Herrn Gaus profitieren könnte. Die Erben waren zur Tatzeit weit weg vom Tatort, wie steht es mit seiner beruflichen Position? Das Kantorat an der großen Kirche ist kein schlechter Posten und Sie haben hier nur eine untergeordnete Teilzeitanstellung.“ Der Ton wurde merklich schärfer. „Werden Sie die Nachfolge von Gaus antreten?“
Also daher wehte der Wind! Harald ließ einen verächtlichen Lacher vernehmen und schaute dem älteren der beiden Kriminalbeamten fest in die Augen.
„Sie haben sich offensichtlich noch nicht allzu sehr mit Kenntnissen über das berufliche Umfeld ihres Falles belastet.“
Trotz eines vorübergehenden Anflugs von Unsicherheit war sein Hohn nicht zu überhören, und Schopflenger wollte ihn auch nicht verbergen.
„Die Kantorenstelle an der großen Kirche ist eine hauptberufliche Kirchenmusikerstelle. Das dafür erforderliche A-Examen wird nach einem zwölfsemestrigen Hochschulstudium abgelegt. Ich dagegen habe überhaupt nie an einer Musikhochschule studiert, sondern nur die Prüfung für nebenberufliche Kirchenmusiker abgelegt, ich käme überhaupt nicht in Frage. Über die Nachfolge von Gaus wird in einem Probespiel entschieden, dem eine öffentliche Ausschreibung vorangeht.“

Die Beamten ließen sich nach dieser mutigen Belehrung keine Verärgerung anmerken. Wahrscheinlich war es reine Routine, den Befragten ein wenig in die Enge zu treiben und zu provozieren. Sie baten Schopflenger vielmehr, erneut gemeinsam den Tatort zu besichtigen, und ließen sich von ihrem geduldigen Führer nochmals alle Einzelheiten eingehend erklären, die mit der Nutzung der Orgel und insbesondere des Fernwerks zusammenhingen. Wer, wann und wie lange übte, wer Zugang zum Treppenaufgang und zur Schwelleranlage hat oder haben könnte und so weiter,

Umgekehrt konnte Harald erstmals Fragen zu den polizeilichen Ermittlungen stellen und bekam zu seinem Erstaunen bereitwillige Antworten. Allerdings waren gegenüber dem Zeitungsbericht kaum neue Fakten zu erfahren. Es gab so gut wie keine verwertbaren Spuren oder Indizien. Gaus muss seinen Mörder mit ins Fernwerk genommen haben, als er am Abend des 1. Januar oder am Morgen des 2. Januar ins Kirchendach ging. Oder der Mörder verfügte über einen eigenen Schlüssel, denn das Schloss wies keine Spuren von Veränderungen oder Einbruchsversuchen auf. In diesem Fall könnte der Mörder Gaus gefolgt sein. Oder er hat Gaus oben im Dachstuhl erwartet, weshalb die ausgehängte Stange in der Schwelleranlage vielleicht eine Manipulation war, um Gaus anzulocken. Gaus' Schlüssel für die Turmtür hat der Mörder offensichtlich mitgenommen und die Tür von außen abgeschlossen, was aber nicht gegen eine der beiden Versionen spricht, sondern nur für die Geistesgegenwart des Täters, bzw. für eine sorgfältig geplante und damit vorsätzliche Tat.

Zweifellos waren für diesen Mord erhebliche Orts- und Sachkenntnisse notwendig und das engte den Kreis der Verdächtigen ein. Aber, so der schnurrbärtige Kriminalbeamte, es könnte auch ein Orgelbauer, Kirchendiener, Gemeindemitarbeiter oder ein Besucher schon vor vielen Jahren einen Schlüssel zum Turm behalten oder eine Kopie davon hergestellt und diese nun selbst genutzt oder einer zweiten Person überlassen haben. Auch könnte ein solcher Schlüssel durch Vererbung, Verlust oder Diebstahl in andere Hände gelangt sein. Kurzum, man suche im Moment nach einer Stecknadel im Heuhaufen. Solange kein Motiv erkennbar werde oder durch eine zufällige Beobachtung zum Beispiel eines Anwohners oder Passanten eine konkrete Spur aufgenommen werden kann, bliebe die Tat im Dunkeln.

Harald Schopflenger war ein großer Freund logischer Folgerungen, und der Sachverstand, mit dem die Kripo hier vorging, ließ ihn nicht unbeeindruckt. Dennoch wurde ihm dabei klar, dass in diesem Fall die Systematik der Ermittlungen keine Fährte ergab. Ein Zufall, eine Unregelmäßigkeit, die einem aufmerksamen Zeitgenossen ins Auge stäche, irgend etwas Abseitiges könnte die Nachforschungen auf erfolgversprechendere Pfade lenken. Das war ja im Grunde in einer Chor- oder Orchesterprobe nicht anders. Bloß weil man alle musikalisch-technischen Details im Einzelnen behandelt hatte, musste der Zusammenklang noch lange nicht funktionieren. Aber der eine Griff nach dem einen wesentlichen Problem, der verwandelte wie von Zauberhand die Situation und alles klang gut und ordnete sich von selbst. Hier schieden sich gewöhnliche von außergewöhnlichen Dirigenten. Warum sollte es bei den Ermittlern anders sein? Nein, Querdenken war jetzt durchaus gefragt und er sah sich darin bestärkt, die bereits avisierten Unterlagen genau durchzuarbeiten.

Jedenfalls würde er die Akten lesen, sobald sein Zustand ihm dies erlaubte. Nach dem Gespräch mit den Polizeibeamten trank er hastig die Hälfte seines inzwischen erkalteten Tees, den Babette Hettinger für ihn aufgebrüht hatte, und ging nach Hause, um sich wieder ins Bett zu legen. Das Fieber stieg an. Die Pläne für den folgenden Tag fielen dem grippalen Virus zum Opfer.

6

Erst gegen Mittag stand er auf und fischte sich das gestrige *Abendblatt* aus dem Briefkasten. Der Nachruf auf Hanns-Dieter Gaus füllte beinahe eine ganze Zeitungsseite und spannte einen weiten Bogen über dessen Leben, insbesondere über die elf Jahre währende Tätigkeit an der großen Kirche, über die wichtigsten Aufführungen und seine Maßstäbe setzenden Interpretationen.

Harald war zu kraftlos, um den ganzen Artikel zu lesen. Er würde ihn ausschneiden und bevor er ihn abheftete, noch einmal gründlich studieren. In welchem Ordner müsste der Zeitungsausschnitt eigentlich abgelegt werden? Sollte er eine neue Akte anlegen und wie müsste diese dann heißen? Er war nicht in der Lage, das Problem zu lösen und verschob es einstweilen auf den kommenden Montag. Ein Blick auf die Uhr: Die Beisetzung auf dem Hauptfriedhof hatte bereits begonnen und sein Fernbleiben war misslich, aber nicht zu ändern. Er schlurfte zurück in sein Bett und schlief wieder ein.

Am Nachmittag kam Babette Hettinger und berichtete ihm ausführlich von der Trauerfeier. Der Oberbürgermeister, Repräsentanten von Kirche und Kultur, der Präsident des Rotary-Clubs, alle hatten den Verstorbenen als großen Künstler, Vorbild an Menschlichkeit und Gemeinsinn und als wahren Freund gewürdigt sowie ihrer Bestürzung beredten Ausdruck gegeben, dass er nun durch eine ruchlose Freveltat für immer von uns gegangen sei, eine Tat, die eine nicht zu schließende Lücke gerissen habe. Der Kollege einer Nachbarkirche habe die Orgel gespielt, aber die Werke seien ihr unbekannt gewesen. Der Kammerchor habe Teile einer Motette von Bach gesungen, das wäre das ergreifendste gewesen. Anschließend fuhrwerkte Babette noch in seiner Küche herum und sorgte für Ordnung und krankengerechte Verpflegung mit Tee und leichter Kost. Derart mütterliche Umsorgungen liebte Harald normalerweise nicht, aber in seinem heutigen Zustand nahm er den damit verbundenen Komfort gerne an.

Wieder allein griff er sich den ersten Hefter der Akte *Albert Langer*, den Gaus mit Notizen und Dokumenten gefüllt hatte. Vieles davon war nur handschriftliches Material, aber es gab auch eine Reihe von beglaubigten Abschriften, Zeitungsausschnitten mit Anstreichungen und ähnliches, also ein Sammelsurium, wie man es etwa zur Abfassung einer größeren monografischen Arbeit zusammengetragen hätte. Die richtige Ablenkung für heute, dachte sich Harald.

Langer stammte aus einer einfachen Familie, die im thüringischen Katharinenberg eine Metzgerei betrieb. Die Neigung zur Musik zeigte sich schon beim Urgroßvater Johann Karl Heinrich Leberecht Langer, der zur Zeit Goethes Rentamtmann am Kammergut in Oberweimar war. Der Großvater Julius Gustav komponierte in seinen Mußestunden bereits kleine Kabinettstückchen für Harmonium und Klavier und der Vater unterrichtete in seiner kargen Freizeit die vier Söhne im Flötenspiel.

Der 1889 geborene Albert entpuppte sich als musikalisch hochbegabt und studierte bald an der damals weltberühmten Musikerschmiede, dem königlichen Landeskonservatorium zu Leipzig die Fächer Orgel, Komposition und Kirchenmusik. Zu seinen Lehrern gehörten unter anderem der große Max Reger und der Thomaskantor Karl Straube, den man später den *Deutschen Organistenmacher* des 20. Jahrhunderts nannte. Mit gerade einmal einundzwanzig Jahren galt Langer bereits als unschlagbarer Virtuose und Meister aller technischen Bravourstücke, welche die Orgelliteratur damals zu bieten hatte. Daher war es nicht verwunderlich, dass kein geringerer als Max Reger im Rahmen seiner recht bemühten

Interpretenpflege dem frischgebackenen Weimarer Stadtorganisten gleich 1910 einen Besuch abstattete. Harald hielt das nächste Typoskript erst gegen das Licht. Es gab keine besonderen Wasserzeichen, vermutlich war es Kaufhauspapier. Dann begann er zu lesen. Langer hatte seine Erinnerungen an den hohen Besuch festgehalten.

„Wir trafen uns im Gasthof ‚Erfurter Hof'. In seiner Gesellschaft befand sich noch die Kammersängerin Anni Müller-Maschewski. Von Musik wurde nicht gesprochen. Stundenlang erzählte Reger Witze. Sie waren nicht immer stubenrein. Endlich kam er mit an meine große Orgel in der Stadtkirche. Ich spielte ihm seine große Fantasie und Fuge über ‚Wachet auf, ruft uns die Stimme' vor. Reger war recht zufrieden mit meiner Wiedergabe. Dann versuchte er, die schwere Schlussfuge zu wiederholen und amüsierte sich über die vielen falschen Töne, besonders auch im Pedal.

Anschließend gings wieder an den Biertisch im ‚Erfurter Hof' und wieder Witze. Kurz vor 2 Uhr nachts bestellte er den leeren Nachbartisch voll Pilsener Bier. Als um 2 Uhr der Polizist rief ‚Polizeistunde!', wies Reger auf die vielen Kelche mit Pilsener Bier auf dem Nebentisch hin und sagte: ‚Was der Gast bestellt hat, darf er noch austrinken'. Der Schutzmann verschwand. Nachdem alle Gläser leer waren, brachten wir den Meister heim. Der kurze Weg zum Hotel ‚Elefanten' war ihm zu lang. Die viele Flüssigkeit musste ‚raus'. So rappelte er in den großen Brunnen mitten auf dem Platz. Das dauerte sehr lange und war mir damals peinlich, weil doch auch die Dame mit warten musste!"

Harald legte das Blatt mit einem breiten Grinsen zurück. Diese kleine Episode passte ja wunderbar in das Bild des rastlos arbeitenden, fressenden und saufenden Vollblutmusikers Reger. Sein früher Tod im Jahre 1916 war ohne Zweifel die

Folge dieser Maßlosigkeit. Harald griff sich den nächsten dicken Hefter, der aus einer großen Anzahl feinsäuberlich eingeklebter Konzertprogramme im Format DIN A5 bestand.

Bereits ein Jahr nach der Begegnung mit Reger, also 1911, verließ Langer das beschauliche Weimar in Richtung Südwesten und wurde als erster Organist an die große Kirche berufen. Hier nahm er sogleich eine umfangreiche Konzerttätigkeit auf, deren Ausgestaltung ebenso von Spielfreude wie von Akribie zeugte. Mindestens einmal im Monat spielte er ein Orgelkonzert und brachte es bis zum Jahr 1942 auf die stolze Zahl von 334 Abenden. Er führte Werke von nahezu zweihundert Meistern aus allen Epochen auf, von der Renaissance bis hin in die jüngste Moderne. Es erklangen sogar zuweilen Uraufführungen. Das Eröffnungskonzert im Oktober 1911 füllte die Kirche bis auf den letzten Platz, denn, so das *Tageblatt*, „die Neigung der breiten Masse strebt, soweit seriöse Musik für sie überhaupt in Betracht kommt, der geistlichen Musik zu". Eine These, die sich nach dem zweiten Konzertabend schwerlich halten ließ, denn der Berichterstatter des *Lokalen Anzeigers* bemerkte hierüber: „bei leider nur sehr mäßigem Besuche". Aber Langer ließ sich offensichtlich nicht entmutigen, es wurde trotzdem der Beginn einer erfolgreichen Konzertreihe, deren Kernrepertoire alle Werke von Johann Sebastian Bach, César Franck, Franz Liszt, Felix Mendelssohn und Max Reger ausmachte und die dennoch bis dato unbekannte Musik integrierte, und dazu gehörte sowohl die Alte Musik vor Johann Sebastian Bach, als auch die allerneuesten Tonschöpfungen - von den Alten Meistern vor allem Frescobaldi, Buxtehude oder Clerambault, von den Zeitgenossen z. B. Arnold Mendelssohn, Philipp Wolfrum, Friedrich Klose, Sigfrid Karg-Elert, Felix Woyrsch - und schließlich Kompositionen von Albert Langer selbst.

Harald verweilte bei den Programmen, denn er las hier über Werke, von denen er noch nie etwas gehört hatte, ja selbst mancher Komponistenname war ihm neu. Die Programme enthielten neben der sogenannten Vortragsfolge auch Erläuterungstexte zu den Kompositionen, was zunächst als ganz lobenswerte Hörhilfe und volksbildnerische Anstrengung begann, denn sie waren zunächst rein musikalischer Natur. Ab dem Jahr 1914 veränderten sich die Intentionen: Die Orgelkonzerte waren inzwischen zu *Orgel-Andachten* mutiert und die informativen Texte füllten sich mit Propagandasentenzen. Man konnte zum Beispiel Folgendes lesen: „Bachisch sein heißt: urgermanisch, unbeugsam sein – dies die Antwort Max Regers in der von der Zeitschrift *Die Musik* veranstalteten Bach-Umfrage!" Im Jahre 1915 sang man in der Orgel-Andacht aus Anlass der Wiederkehr des Gründungstages des Deutschen Reiches zum Abschluss des Konzerts das Lied „Deutschland, Deutschland über alles". Überhaupt hatte der Verlauf des ersten Weltkrieges seine Spuren hinterlassen. Statt Spenden für die Kirchenmusik zu erbitten, mehrten sich die Aufforderungen zu *Kollekten für die Kriegshilfe* oder für das *Rote Kreuz* auf den Programmen. Musikalisch wurde das Ganze sekundiert durch die Aufführungen von vaterländischen Tonwerken wie Max Regers *Trauerode – Dem Gedenken der im Kriege Gefallenen* oder seiner *Siegesfeier*, einer Fantasie über *Nun danket alle Gott* in Verbindung mit der Hymne aus dem Kaiserquartett von Haydn, die damals noch nicht die deutsche Nationalhymne war.

Mitten ins Kriegsjahr 1916 setzte Langer die Uraufführung einer eigenen Kantate, wohl um dem Kriegsgeschehen einen Impuls zu versetzen. Die Hölle von Verdun war bereits eröffnet, aber noch lange nicht zu ihrem Höhepunkt gekocht, da folgte am 11. April auf das Brahms-Choralvorspiel *Herzlich tut mich verlangen nach einem sel'gen End* sein neuestes

Werk, *Der 94. Psalm* für Chor, Solisten, Orchester, Harfe und Orgel, in nur vier Wochen aufs Papier geschleudert, eilig, den Verhältnissen geschuldet. Der Psalmtext, der schon der großartigen Orgelsonate von Julius Reubke zu Grunde lag - Langer spielte sie zuletzt im Herbst 1912 - beschwört die Kriegswende geradezu herauf: „Herr Gott, des die Rache ist, erscheine! Erhebe dich du Richter der Welt! Vergilt den Hoffärtigen, was sie verdienen! - Herr, wie lange sollen die Gottlosen prahlen?" Aber die Hölle sollte erst noch kommen, das hatten sich Langer und seine Zeitgenossen vermutlich noch nicht vorstellen können.

Das Programmblatt der 26. Orgel-Andacht zur Vollendung des 2. Kriegsjahres am 31. Juli 1916 war geschmückt mit einer Abbildung des eisernen Kreuzes 1. Klasse und die passende Musik lieferte der ehemalige Kommilitone von Albert Langer, ein gewisser Karl Hasse mit seiner Komposition *Frisch auf, ihr deutschen Scharen, frisch auf zum heil'gen Krieg!*. Und auf den Tag genau ein Jahr später bot das Programm noch das gleiche Erscheinungsbild. Doch diesmal sang nach dem Präludium eine Sopranistin auf eine Weise von Georg Friedrich Händels die Verse: „Du sankst, o armes Vaterland, tief herab von der Freude Thron in des Jammers Grab". Nochmals ein Jahr später, bei der Orgel-Andacht zur Vollendung des vierten Kriegsjahres war die Stimmung erkennbar am Boden angelangt. *Aus tiefer Not schrei ich zu dir* und *An Wasserflüssen Babylon saßen wir und weinten* dominierten das Programm, bevor am Schluss ganz trotzig noch einmal Max Regers *Siegesfeier* mit dem zum Choral geadelten *Deutschland, Deutschland über alles* im Finale exerziert wurde. Harald hatte die Noten der *Sieben Stücke* op. 145, deren letztes die *Siegesfeier* war, schon einmal gesehen. Reger schrieb am Ende seines eher kurzen Lebens eine ganz andere Musik als zuvor. Manches wurde expressionistischer, manches in der Form viel freier, wie eben diese Rhapsodien, in denen nach dem Vorbild von Karg-Elerts *Prologus tragicus* von 1911 immer mehrere verschiedene Melodien vertreten waren.

Im Oktober 1918 leistete Albert Langer Unerhörtes. Er spielte zweimal hintereinander im gleichen Konzert die *Variationen und Fuge fis-Moll* op. 73 von Max Reger - auswendig! Dieses 40-minütige Virtuosenstück verbraucht beim Spielen derart viele Kalorien, dass man sie in den letzten Monaten des Ersten Weltkriegs kaum mit Essensmarken hätte auffüllen können. Die Versorgung der Bevölkerung war zu dieser Zeit bereits auf wenige noch verfügbare Lebensmittel zusammengeschrumpft. Aber Langer schien das nicht zu beeinträchtigen. Entweder war er von unbezwingbarer Kondition oder er hatte besondere Kontakte zur Lebensmittelbeschaffung. Das Ende des Weltkriegs konnte man an dieser Sammlung von Konzertprogrammen nicht erkennen, auch nicht den Zusammenbruch: Oktober, November, Dezember, in jedem Monat gab es zwei Konzerte, komme, was da wolle. Nur ein Detail war anders: Am 22. November, die deutschen Soldaten waren bereits von den Schlachtfeldern aus den Nachbarländern zurückgekehrt, hieß die Veranstaltung wieder schlicht *Orgel-Konzert.* Die Zeit der *Andacht* war offensichtlich vorbei.

Harald griff sich an die Stirn, sie war immer noch heiß. Ob das von der Lektüre kam oder noch eine Folge der Viruserkrankung, er konnte es nicht unterscheiden. Er ging in die Küche, trank, kühlte die Stirn, den nächsten Schnellhefter hatte er unter dem Arm, denn er wollte keine Zeit verlieren. Sobald der Tee bereit stand, las er am Küchentisch weiter.

Beim hundertsten Konzert fand der Organist Langer in der wieder voll besetzten Kirche „seine Monster-Orgel mit Blumen und Kränzen geschmückt“ vor, so Karl Eberts im Abendkurier, und man konnte in den zahlreichen Berichten schon das lesen, was beim zweihundertsten Konzert noch überbordender daher kommen würde, nämlich Lobeshymnen auf einen herausragenden Künstler, dessen Konzerte zu den wichtigsten Kulturveranstaltungen der Region gerechnet wurden und keinesfalls mehr wegzudenken wären. 1922 zeigten sich die Folgen der Inflation am Eintrittspreis. Er stieg von Abend zu Abend: Am 12. November waren es noch 25.- Mk, am 3. Dezember schon 40.- Mk, am 26. Dezember 80.- Mk und am 4. Februar bereits 300.- Mk. Im März 1922 gab es dann plötzlich kein Konzert. Am 15. April hieß es lapidar: „Kollekte zur Deckung der Unkosten“. In den Zeiten eines derart rasanten Preisverfalls, in denen das Monatsgehalt zwei Tage später nur noch für zwei Brötchen ausreichte, war dies vermutlich die praktikabelste Regelung.

Immer mehr wurden die Abende auch zu Komponistenporträts, bis schließlich Langer im 156. Konzert einen ganzen Abend lang eigene Werke präsentierte. Ein *Präludium in h-Moll* op. 10, Nr. 1, die *Sechs Choral-Improvisationen* op. 4b, ein *Capriccio in e-Moll* op. 10, Nr. 2 und eine *Passacaglia cis-Moll* op. 7, die aus nicht weniger als *50 Variationen über ein eigenes Thema* bestand. Harald erinnerte sich, dass er einige der Werke Langers in gedruckten Ausgaben im Schrank schon hatte liegen sehen. Er würde sich damit befassen, sobald er wieder auf den Beinen war.

Im Mai 1928 dann endlich das ersehnte zweihundertste Konzert! Der feuilletonistische Blätterwald rauschte wie der Rhein um den Loreley-Felsen. Man gedachte des einstmals „blutjungen, musikalischen Brausekopf“, der heute unbestritten „der größte Organist Deutschlands“ sei (Neue Rundschau), der sein „gottbegnadetes Künstlertum in den Dienst Gottes“ gestellt habe und „die Herzen der zum Gebet Versammelten durch seine Musik zu Gott zu erheben“ verstehe (General-Anzeiger). Eberts vom ‚Abendkurier‘, der „das verdienstliche Wirken schon oft in diesen Spalten mit Dank und

Herzlichkeit gewürdigt" haben wollte, schwärmte von den „großen, packenden Orgelpredigten" und die hauptstädtische *Allgemeine Landeszeitung* ergänzte lapidar: „Es war ein Festakt wie fast jedes Orgelkonzert". „Blumenschmuck und feierlicher Lorbeer - das war der würdige Rahmen" (Volkszeitung), Langer könne „als willig anerkannter Führer zu Hochzielen der Kunst den Weg bahnen" (Unterländer Bote) und das Instrument klinge unter seinen Händen „wie ein Gloria von Menschen-, ein Sanctus von Engelszungen", man habe alle „Ursache, dem Orgeltitan ein Halleluja zu singen" (Oberrheinischer Merkur).

Harald blätterte vorsichtig in dem brüchigen, holzhaltigen Papier weiter, denn sein besonderes Interesse galt den Jahren 1933 bis 1945. Über Musik im Dritten Reich wollte er als Student einmal ein Seminar organisieren, er scheiterte aber am Widerstand des Lehrstuhlinhabers. Der Ordinarius bügelte das Anliegen ab, bis sie herausfanden, dass sein Publikationsverzeichnis in diesen Jahren verdächtig große Lücken aufwies und in der Fakultätsbibliothek die Literaturverzeichnisse vor 1945 entweder verschwunden waren oder geschwärzte Stellen enthielten.

Als 1933 die Braunhemden putschten und der Reichstag brannte, da verkroch sich Langer mit seiner Programmgestaltung förmlich in die Alte, in die vorbachsche Musik. Seine Orgelprogramme schauten zwei- bis dreihundert Jahre zurück, er griff nach den Alten Meistern. War die Beschäftigung mit den Werken von Scheidt, Scheidemann, Buxtehude und Bach ein Zeichen der Hilflosigkeit oder gar der inneren Emigration? Ab 1935 spielte er wieder Zeitgenössisches, ein Programm mit Werken „ausländischer und deutscher Tonsetzer" am 2. Juni hätte Harald beinahe als Demonstration eines widerständigen Künstlergeistes gedeutet, da wurden die Orgelkonzerte in *Orgelfeierstunde* umbenannt. In der *„Feier-*

stunde, ein Begriff aus dem Schatzkästlein des nationalsozialistischen Budenzaubers, war die Orgel mit ihrem machtvollen Pathos ein willkommenes Hilfsmittel zur Gleichschaltung der Gemüter. Von jetzt an häuften sich die bekennenden Programmpunkte. Langer schrieb selbst eine Fantasie über den Nazichoral *Heilig Vaterland* des HJ-Komponisten Heinrich Spitta. Und was in Chorälen und Lieder der *Bewegung* herbeigesungen wurde, das kam auch tatsächlich.

Als der böhmische Gefreite im September '39 auf Polen zurückschießen ließ, wurden die Orgelwerke gar durch Rezitationen unterbrochen, deren völkische Tendenz unübersehbar war: Der vorgesehene Schauspieler mit dem Namen Karl-Heinz Marx war einem handschriftlichen Vermerk zufolge nicht aufgetreten, sondern wurde durch Dr. O. M. Weißlinger, einem der Tendenz-Poeten, ersetzt. Auch waren die französischen Orgelwerke vorerst verklungen. Es gab nur noch deutsches Repertoire. Neben den Titanen Bach und Reger las Harald die Namen vieler Kleinmeister sowie die Namen der von der NS-Kulturpolitik geförderten Begabungen wie etwa der junge Sigfrid Walter Müller. Und immer öfter hörten die Besucher neueste Kompositionen wie „Nordische Sonaten" oder neue Variationen über „Deutschland, Deutschland über alles".

Noch das letzte Konzert im Februar 1942 brachte Variationen über das Deutschlandlied sowie einen abschließenden Chorsatz *Finsternis deckt das Land* von Michael Haydn, vorgetragen von den in der Heimat verbliebenen Mitgliedern des Bachchors, die sich vermutlich durch Trümmerwüsten zu dieser letzten „Feier" durchgekämpft hatten.

Albert Langer war nicht nur in der eigenen Stadt erfolgreich. Ein Künstlerprospekt zitierte Zeitungselogen aus Augsburg, Leipzig, München, Barcelona, Berlin, Dortmund und anderswo. 1927 wird Langer auf der Freiberger Tagung der deutschen Orgelbewegung in den Orgelrat berufen, 1928 spielt er die Einweihung der Orgel im Saalbau der allmächtigen I.G. Farben, 1940 erscheinen umfangreiche Würdigungen zum fünfzigsten Geburtstag.

Einmal wurde er allerdings ausgebootet. Als 1931 in der benachbarten Universitätsstadt ein Kirchenmusikalisches Institut nach dem Vorbild der Leipziger Einrichtung gegründet wurde, blieb Langer außen vor. Gaus hatte sogar einen Brief an den Gründungsrektor, Prof. Dr. Wilhelm Kotten, archiviert, einen Studiengenossen Langers aus Leipziger Tagen:

„Lieber Wilhelm!
Dein Vorwurf - ich hätte Dir auch mitteilen können, was hier vorging - trifft mich in keiner Weise. Ich habe - als ich von dem Plan eines Kirchenmusikalischen Instituts hier in der Zeitung las - sofort bei Dir angefragt, ob es dabei bleibt, dass das Institut zu Euch kommt. Darauf erhielt ich nach sehr langem Warten Deine Antwort: „Ich hoffe, dass wir binnen kurzem ein Haus haben". Dann kam Dein langes Schweigen. Später erfahre ich dann von der Eröffnung aus der Zeitung. Ich stehe wie vor einem Rätsel. Der von Dir genannte Grund, der Oberkirchenrat habe keine Mittel für meine Mitarbeit, wäre einleuchtend, wenn ich jemals eine Forderung gestellt hätte. -
Doch weiter: Was soll ich nun meinen Schülern sagen, die auf dem K. Inst. das Examen machen möchten und bei mir Orgel studieren wollen? Dass nicht gerade jeder Lust hat, zu einem Lehrer zu kommen, der vor kurzem noch mein Schüler war, oder zu einem Lehrer, der selbst noch nicht fertig ist, das ist doch wohl klar! -
Und wie ist das: Du schreibst, Dr. Leib ist nur dazu da, den Schülern z. B. die Bass-Noten zu lernen. In die Aufnahmebestimmungen habt Ihr aber doch hineingeschrieben:

„§3 1. Vertrautheit mit der allgemeinen Musiklehre.
3. Grundlage des Orgelspiels bis zu den 8 kleinen Präludien und Fugen von Bach."
Da muss der Schüler aber doch wohl schon Bass-Noten lesen können? Wie reimt sich das zusammen?
Soweit für heute.
Mit bestem Gruss
Albert Langer

NB. Bitte teile mir noch die Namen derjenigen meiner Schüler mit, die überall herumerzählt haben sollen, ich wollte s. Zt. selbst ein Institut gründen. -
D.O."

Hier war wohl Langer das Opfer einer Intrige geworden. Harald wunderte sich nicht über die Selbstsicherheit, die aus dem Schreiben sprach. Langer konnte natürlich nicht verstehen, wie eine Ausbildungsstätte für Berufsmusiker ohne einen Virtuosen von nationalem Rang auskommen könne, und er war unumstritten der Einzige weit und breit. Aber vielleicht hatte Kotten noch eine alte Rechnung zu begleichen? Oder wäre mit einem Künstler vom Rang Langers die Mittelmäßigkeit des noch jungen Projekts zu deutlich hervorgetreten? Hatte möglicherweise Kotten schon den neuen Typ eines singbewegten Kantors vor Augen und sah in einem Orgelvirtuosen alten Zuschnitts eine Gefahr für die *Kirchenmusikalische Erneuerungsbewegung*, der Stieftochter des Wandervogels?

Am Ende der Blättersammlung hing ein Formular des Amtsgerichts, ein Fragebogen zum Lebenslauf verschollener Personen. Hier erfuhr man, dass Langer dreimal verheiratet war, also zwei Scheidungen in seiner Dienstzeit durchstand. 1909 die Heirat mit Louise, geb. Hensch, aus der Ehe gingen vier Kinder hervor, ein Sohn im Weltkrieg gefallen. 1927 Heirat mit Erika, geb. Mauser, ein Kind und drei Stiefkinder. 1942 heiratet er Klara, geb. Vielhauer, ein Sohn. Im Februar 1945 wurden die Langers nach Süddeutschland in eine Kleinstadt an der Schweizer Grenze evakuiert. Dort versah er bald das Orgelspiel an der Lutherkirche, die Quittungen für seine Dienste reichten bis in den Sommer 1945. Ab dann fehlte jede Nachricht von ihm. Möglicherweise war er bei der Rückreise nach Hause ums Leben gekommen. Das Formular war offensichtlich ein Entwurf oder ein Duplikat, jedenfalls war es nicht fertig ausgefüllt und auch nicht durch Stempel und dergleichen amtlich zur Kenntnis genommen worden. Langer sollte anscheinend als verschollen gemeldet werden oder er wurde als solcher registriert. Aber das war hier nicht eindeutig festzustellen.

Müde legte Schopflenger den Hefter beiseite. Er staunte nicht schlecht über die akribischen Nachforschungen von Gaus. Die hier zusammengetragenen Dokumente stammten aus Archiven und privaten Hinterlassenschaften: Eine solche Spürnase hatte er seinem Chef nicht zugetraut. Die Augen fielen ihm immer öfter zu. Als ihm der Ordner auf den Küchenboden fiel, ging er wieder zurück in seine Kammer. Auf dem Bett drehte er sich zu Seite. Dann schlief er ein.

Am nächsten Morgen fühlte er sich wieder in der Lage, im Gedenk-Gottesdienst in der großen Kirche die Orgel zu spielen. Der Bachchor sang aus dem Brahms-Requiem unter der Leitung von Dr. Otto Delzer, dem inzwischen pensionierten Vorgänger von Gaus, und Dekan Schwarzbrück predigte über Kain und Abel, den ersten Brudermord in der Menschheitsgeschichte, und über die sinnlose und brutale Zerstörung eines Gottesgeschöpfs, die auch bei der Ermordung unseres Bruders Hanns-Dieter Gaus stattgefunden habe. Schopflengers Gedanken schweiften ab. Er erwog für einen Moment, ob Gaus wohl einen Bruder hatte und ob dieser für einen Mord in Frage käme. Er verwarf den Gedanken wieder, es war wohl eher eine Fieberfantasie.

Mit einem bedächtigen *Amen* beendete der Prediger die Ansprache und holte Harald aus seinen Tagträumen zurück. Schnell stellte er die Register für das nächste Lied ein und intonierte das Vorspiel, dem drei Gemeindestrophen folgten. Nachdem der Ortspfarrer den Segen gespendet hatte, begann Harald mit dem Nachspiel, der *Fantasie in c-Moll* von Johann Sebastian Bach. Die rund tausend Anwesenden lauschten dieser Trauermusik in gespenstischer Ruhe. Über einem Orgelpunkt auf dem *C*, dem tiefsten Ton der Pedalklaviatur, erhebt sich das klagende Thema von melancholischer Schönheit. Die zweite und dritte Stimme imitieren diese Melodie und ein kontrapunktisches Geflecht entsteht, das in einem wiegenden Dreiertakt schwerelos dahingleitet. Nur die Seufzermotive in den Mittelstimmen erinnern noch an die Traurigkeit des Anfangs. Der ganze Vorgang wiederholt sich nach etwa zwei Minuten auf dem Ton *G*. Die Wirkung ist ganz ungeheuer, geradezu modern: Die Zeit scheint still zu stehen, alles schwebt und die Zuhörer waren offenbar mit Ihren Gedanken weit weg vom Alltagsgeschehen. Man hätte eine Stecknadel fallen hören. Im dritten Abschnitt der Fantasie entwickeln sich Sechzehntelfiguren, die nach und nach eine innere Lebendigkeit wie ein sanftes Erwachen bewirken und den Hörer aus dem Traumland zurück in die Wirklichkeit führen, hier wählte Bach hellere harmonische Farben. Diese kunstvollen Girlanden münden am Ende der Fantasie in einen Halbschluss. Ein Halbschluss ist ein Schluss und doch kein Schluss. Das Stück endet auf der Dominante, einem G-Dur-Akkord, und eine Dominante verlangt immer magisch nach der Tonika, nach dem Grundakkord der Tonart. Auf der Dominante stehen zu bleiben und aufzuhören, das bedeutet eine Frage zu stellen ohne die Antwort zu bekommen. Der Halbschluss erzeugt eine besondere Spannung, eine Spannung, die nach einer Fortsetzung verlangt, die eine Auflösung, eine Weiterführung einfordert. Die Fuge müsste jetzt beginnen. Oder etwas anderes. Aber Harald beendete hier sein Spiel. Er klappte die Noten zu, schaltete den Orgelmotor aus und löschte das Licht für den Spieltisch. Die Trauerfeier war zu Ende. Die Menschen schauten sich einen Moment fragend in dic Augen. Das offene Ende der *Fantasie in c-Moll*, das war die passende Metapher für den Stand der Ermittlungen im Fall Hanns-Dieter Gaus. Die Trauergemeinde ging leise murmelnd aus der Kirche hinaus in die kalte Winterluft.

7

Gerade wollte Harald den ersten Hefter der Langer-Akten wieder abhängen und sich den nächsten vornehmen, da läutete es an der Bürotür. Der emphatische Rhythmus der Klingelsignale, aus kurzen und langen Tönen charakteristisch komponiert, verriet die junge Dame, die, nachdem er die Tür geöffnet und sie, wie es jetzt modern geworden, ihm Küsschen links, Küsschen rechts zur Begrüßung auf die Wange drückte, ihren Charme in der Amtsstube verströmte. Trotz der winterlichen Wetterlage ging sie sportiv-elegant auf dünnen Leinenturnschuhen und hatte der Mode folgend eine straff sitzende, beige Skihose mit der typischen Bügelfalte angezogen. Ein üppiger Rollkragenpullover aus leuchtend roter Wolle überragte halskrausengleich den gefütterten Anorak und ein weißer Schal diente mehr der dekorativen Abrundung als der Wärmehaltung. All dies rahmte aufs vorteilhafteste ein hübsches Gesicht mit leuchtend-blauen Augen, lebendigem Mienenspiel und einem sympathisch-sinnlichen Mund ein. Nicht zu vergessen die Engelslocken.

Uschi Maibaum war eine auffällig attraktive Erscheinung auf dem Campus und ihre Studienfächer Betriebswirtschaft und Jura waren dagegen überraschend spröde. Man hätte sie eher für eine Werbefee gehalten, die mit ihrem Lächeln jeden beliebigen Konsumartikel an den Mann oder die Frau hätte bringen können. Doch die junge Dame hatte mehr zu bieten als ihr entzückendes Äußeres. Zielstrebig absolvierte sie ihre Prüfungen mit großem Erfolg, um später einmal in dem mittelständischen Betrieb, der seit Generationen in Familienhand lag, eine Führungsrolle zu übernehmen. Um die zuweilen trockenen Studien etwas auszugleichen pflegte sie ihre musische Seite und sang schon seit Studienbeginn im Bachchor der großen Kirche engagiert im zweiten Sopran.

Uschi Maibaum war der Typ Frau, der auch im Privaten nicht ganz von Kosten-Nutzen-Rechnungen ließ. Manche unterstellten ihr, sie würde bei der Wahl ihrer Freunde allzu berechnend vorgehen: Die investierte Zeit musste sich lohnen, sie erwartete Anregungen, Impulse oder wenigstens gute Unterhaltung auf hohem Niveau. Da sie aber ansonsten ohne Arroganz, ganz freundlich und verbindlich auftrat, war sie allgemein beliebt und ihre Neiderinnen hielten sich mit Kritik zurück, um nicht selbst als missgünstig dazustehen. Ihre Freundschaft mit Harald Schopflenger zeigte, dass diese Unterstellungen auch gar nicht stimmen konnte, denn Harald stand keinesfalls im Rampenlicht. Er galt eher als Sonderling. Seine vielen Begabungen erkannten nur wenige. Uschi schätzte seine kompromisslosen, intelligenten Ansichten und eben diese eher stille, unspektakuläre Erscheinung nach außen. Harald hatte ihr nach dem gestrigen Gottesdienst schon von seinen Nachforschungen in den Akten von Gaus über den verschollenen Albert Langer berichtet. Uschi hatte sich sogleich angeboten, ihm für die juristische Seite des Verschellens von Personen die notwendigen Informationen zu verschaffen.

„Grundlage für jeden Vorgang um eine vermisste Person ist das ‚Gesetz über die Verschollenheit, die Todeserklärung und die Feststellung der Todeszeit‘ vom 4. Juli 1939“, so referierte sie ohne Umschweife zur Sache.
„Ich hab' dir hier zwei Ausgaben des *Bürgerlichen Gesetzbuchs* BGB mitgebracht. Das *Verschollenheitsgesetz* steht im Anhang an der ersten Stelle. Die beiden Ausgaben stammen von 1942 bzw. November 1946, also exakt um die Zeit des Verschwindens von Albert Langer herum. Wir können zumindest die damals geltende Rechtslage genau nachvollziehen.“
Harald nahm das BGB aus der Nazizeit und schaute sie erstaunt von der Seite an; es war nicht aus der Universitäts-Bibliothek.

„Das habe ich für eine Mark im Antiquariat erstanden! In der Bibliothek steht es im Giftschrank, da kommt man nur mit einer Genehmigung dran", erwiderte Uschi nicht ohne Stolz auf die unausgesprochene Frage. Ein markiges Vorwort, sonst bei NS-Publikationen für historisch Interessierte unbedingt lesenswert, hatte sich der Herausgeber verkniffen. Vielleicht erahnte er die kurze Lebensdauer des tausendjährigen Reiches und seiner Jurisprudenz und rechnete mit einem baldigen Verfallsdatum des Werkes. Das Exemplar war in der Beck'schen Verlagsbuchhandlung München und Berlin als vierundvierzigste, ergänzte Auflage erschienen.

„Paragraf eins: Verschollen ist, wessen Aufenthalt während längerer Zeit unbekannt ist, ohne dass Nachrichten darüber vorliegen, ob er in dieser Zeit noch gelebt hat oder gestorben ist, sofern nach den Umständen hierdurch ernstliche Zweifel an seinem Fortleben begründet werden. Verschollen ist nicht, wessen Tod nach den Umständen nicht zweifelhaft ist."
Harald kratzte sich am Kopf und blickte nachdenklich drein.
„Dann muss also jemand ernstliche Zweifel am Weiterleben Langers gehabt haben."
„Hör' erst einmal weiter zu. ‚Paragraf zwei: Ein Verschollener kann unter den Voraussetzungen der Paragraphen 3 bis 7 im Aufgebotsverfahren für tot erklärt werden. Paragraf drei: Die Todeserklärung ist zulässig, wenn seit dem Ende des Jahres, in dem der Verschollene nach den vorliegenden Nachrichten noch gelebt hat, zehn Jahre' - und so weiter, und so weiter, hier - ‚verstrichen sind.'"
„Das heißt also, dass er frühestens 1955 für tot erklärt wurde."

„Nicht unbedingt! Wir wissen ja nicht, welche Todesvermutung damals vorgelegt wurde. In Paragraf vier heißt es nämlich: ‚Wer als Angehöriger einer bewaffneten Macht an einem Kriege, einem kriegsähnlichen Unternehmen oder einem besonderen Einsatz teilgenommen hat‘, – et cetera –, kann für tot erklärt werden, wenn seit dem Ende des Jahres, in dem der Friede geschlossen wurde‘ – und so weiter –, e i n Jahr verstrichen ist!‘“

Uschi war inzwischen immer näher an ihn heran gerückt, so dass Harald einerseits mitlesen konnte, andererseits aber auch in den Bann der schönen Studentin geriet. Sie berührte ihn zwar nicht, aber er fühlte ihre Nähe. Das war nicht unangenehm, erschwerte aber seine Konzentration aufs *Bürgerliche Gesetzbuch*.

„Die Paragrafen fünf und sechs regeln Sonderfälle, die wir beim derzeitigen Stand unserer Ermittlungen auch noch nicht völlig ausschließen können: ‚Wer bei einer Fahrt auf See, insbesondere infolge Untergang des Schiffes, verschollen ist, kann für tot erklärt werden, wenn‘, – et cetera peh peh – ‚sechs Monate vergangen sind. Wer bei einem Fluge, insbesondere infolge Zerstörung des Luftfahrzeugs‘ – ... hier weiter – ‚kann für tot erklärt werden, wenn‘ – und so weiter – ‚drei Monate verstrichen sind.‘ Und Paragraf sieben kommt für Langer sogar absolut in Frage: ‚Wer unter anderen als den in den Paragrafen vier bis sechs bezeichneten Umständen in eine Lebensgefahr gekommen ist, kann wieder wie oben nach einem Jahr für tot erklärt werden.‘“

Uschi las so engagiert vor, dass ein gelegentlicher Kontakt zwischen ihrem Handrücken und dem seinen unvermeidlich war. Harald war angeregt, keinesfalls erschöpft von den juristischen Verästelungen und nahm das Buch selbst in die Hand.

Beim Weiterblättern und Querlesen murmelte er die wichtigsten Sätze vor sich hin.

„Abschnitt drei, Paragraf 15: Zuständig ist das Gericht, in dessen Bezirk der Verschollene seinen letzten inländischen Wohnsitz hatte.“
Er glitt mit dem Finger weiter über die Seiten.
„Das Aufgebotsverfahren wird nur auf Antrag eingeleitet. Den Antrag können stellen...“
Jetzt kam er zwangsläufig an die Stelle, an der Uschi das Buch festhielt und sich auch nicht aus der Hand nehmen ließ. Finger an Finger mit ihr las er Paragraf sechzehn, Abschnitt c): „der Ehegatte, die ehelichen und die ihnen rechtlich gleichgestellten Abkömmlinge und die Eltern des Verschollenen sowie jeder andere, der ein rechtliches Interesse an der Todeserklärung hat.“
Nur noch mit Mühe blätterte Harald weiter, denn Uschi hatte bereits ihren linken Arm auf seine Stuhllehne gelegt und er spürte ihren Atem.
„Paragraf zwanzig: ‚Das Aufgebot muss durch eine Tageszeitung öffentlich gemacht werden.‘ – Da haben wir's, das ist unsere Spur! Die Tageszeitungen im Stadtarchiv müssen wir durchsehen“.
Harald befreite sich mit einen schwungvollen Dreh aus der sich anbahnenden Umarmung. Uschi nahm ihm etwas verdutzt das Buch aus den Händen und erwiderte schnippisch: „Erst sollten wir einmal klären, ob das Gesetz später geändert wurde. Und dann müssen wir herausfinden, wer mit welchem Hintergrund den Verschollenheitsantrag gestellt hat, sonst suchst du monatelang im Zeitungsarchiv.“

Harald lächelte sie spitzbübisch an. Es kostete ihn einige Mühe, ihr aufgesetztes Gewittergesicht zur Entspannung zu bringen, den gespielten Aristokratenton, der unmissverständlich anzeigte, dass er in Ungnade gefallen war, wieder aufzulockern, sie überhaupt wieder milde zu stimmen. Allzu lange hielt sie seinem Charme eigentlich nie Stand. Ein paar

Minuten später war die Verstimmung auch fast vergessen, ihr Gesicht hellte sich auf.
Ein Blick in die zweite BGB-Ausgabe vom November 1946 brachte wenig Neues. Das Gesetz war kaum geändert worden, nur Paragrafen, welche die Anwendung des Gesetzes in der Ostmark oder in Böhmen und Mähren regelten, waren weggefallen. Auch diese Ausgabe war ein seltenes Exemplar. 1947 wurde es mit der Lizenz US-W-1007 der Besatzungsmacht von zwei Heidelberger Professoren in einem dortigen Verlag in Druck gegeben.

Als alter Bücherwurm las Harald schnell noch ins Vorwort hinein. Da standen allerdings Sätze, deren Nüchternheit ihm die Sprache verschlugen „Mit Rücksicht auf die vom nationalsozialistischen Gesetzgeber erstrebte Kodifikation sind die Änderungen des technischen Gesetzeswerkes nur von geringem Umfang. Sie betrafen im wesentlichen das Familienrecht, insbesondere das Eherecht. Ihre formelle Aufhebung ist bisher nur in einzelnen Gebieten der sowjetischen Besatzungszone erfolgt; in der vorliegenden Ausgabe wird ihr Fortbestand als zweifelhaft behandelt."

Nachdenklich fragte er die angehende Juristin, ob denn daraus zu schließen sei, dass 1946 die rassischen Gesetze der Nazis formell noch Geltung hatten, dass ein Richter, der nicht danach Recht sprach, formal gesehen ein anfechtbares Urteil fällte. Uschi Maibaum schlug die Bücher zu, packte sie in ihre Tasche und erklärte, das sei eine komplizierte rechtsphilosophische Frage, eigentlich ein Fall für höhere Semester. Sie werde sich aber darum kümmern, wie dies aufzufassen sei. Etwas kühler als bei der Begrüßung gab sie ihm einen flüchtigen Kuss auf die rechte Wange, schnappte Anorak und Schal, und bevor sie hinausging, rief sie ihm noch zu:
„Du solltest mal Erkundigungen einziehen, wie es 1945/46 in der Grenzstadt ausgesehen hat. Wenn Langer dort war, dann

dürften die Kriegs- und Kapitulationsumstände sowie die Nachkriegswirren vor Ort für unseren Fall nicht unerheblich sein. Tschüss, bis bald!", und die Tür fiel ins Schloss.
Ob der Abschiedsblick mehr von einem Kussmund oder einem Schmollmund unterlegt war, konnte Harald nicht mehr genau erkennen. Zweifellos lag ein Lächeln in ihren Augen. Was wollte er mehr?

Harald saß wieder an der Orgel, da fiel ihm ein, dass er heute die Orgelkompositionen Langers durchsehen wollte. Er stand von der Orgelbank auf und ging nach rechts zur Emporenrückwand, die an das Instrument gebaut war. Die Orgel hatte die Form eines überdimensionalen Flügelaltars und auf beiden Seiten des Mittelstücks konnte man unter die weit ausladenden Stockwerke der Orgelflügel treten. Niemand würde allerdings vermuten, dass hier am rechten Emporenende eine Treppe in den Emporenaufbau eingelassen war. Sie führte zu den riesigen Balganlagen unter dem Emporenboden und zu einem kleinen, rückwärtig gelegenen Zimmer, dem Orgelstübchen, das raffiniert vom Architekten in die Verbindungswand zwischen Kirche und den angrenzenden Sälen eingepasst oder besser darin versteckt worden war. Der kleine Raum war eiskalt, denn er wurde nur noch als Notenlager verwendet. Ein Waschbecken und ein altes Bettgestell erinnerten staubig an frühere Verwendungen des Stübchens, um das sich zur Zeit Langers spektakuläre Gerüchte gerankt hatten.

Das Regal mit den Orgelnoten war gut geordnet und unter Buchstabe L fand Harald sogleich die Orgelwerke Albert Langers. Es waren offensichtlich alles Handexemplare des Autors und die meisten wiesen Benutzungsspuren auf: eingetragene Fingersätze, Registernamen oder deren Nummern, Schlangenlinien, Pfeile, Punkte, Bögen. Alles musikalische

Hinweise zu Artikulation, Agogik oder Dynamik. Bei einigen Heften gab es eingerissene Seiten und abgegriffene Ecken. Harald entschied sich für die *Sechs Choralimprovisationen* op. 4b, die 1925 im renommierten Mainzer Verlag Schott erschienen waren. Zurück am Orgelspieltisch begann er, diese kleine Vorspielsammlung durchzusehen und die Stücke durchzuspielen, so gut es prima vista eben möglich war. Mit Erstaunen stellte er fest, dass diese Choralbearbeitungen keineswegs typisch für einen Reger-Schüler waren, denn Max Reger hatte in seinen Werken eher barocke Formen mit spätromantischer Harmonik verbunden. Diese Stücke glichen mit ihren fantasievollen Spielfiguren und eigenwilligen formalen Strukturen eher einer gleichnamigen Sammlung von Sigfrid Karg-Elert aus dem Jahre 1909, die seinerzeit viele Nachahmer zu eigenen Werken inspiriert hatte.

Die dritte Nummer *O Gott, du frommer Gott* fesselte seine Aufmerksamkeit am meisten, denn hier wichen die handschriftlichen Eintragungen deutlich von der Druckfassung ab. Langer hatte das Stück speziell für die Steinmeyer-Orgel eingerichtet und Harald staunte nicht schlecht als er erkannte, dass Langer auf vier Manualen gleichzeitig spielen konnte. Da kam ihm wieder jenes Künstlerfoto in den Sinn, auf dem man den jungen Albert Langer in Frack und Stehkragen am Orgelspieltisch sitzen sah, den Blick heroisch in die Kamera gerichtet und die Hände so gespreizt, dass sie auf den vier Klaviaturen der Orgel gleichzeitig spielten. Bisher hatte er das immer für eine aufschneiderische Pose gehalten, aber die Einzeichnungen waren eindeutig: In der rechten Hand spielte der Daumen die Melodie auf dem dritten Manual wie ein Storch, der über die Wiese stolziert, während die übrigen Finger auf dem vierten Manual eine Überstimme griffen. Die linke Hand war entsprechend für das erste und zweite Manual eingerichtet. Harald versuchte sich daran. Aber obwohl mit seinen einigermaßen großen Händen alles erreichbar war, tat er sich doch sehr schwer mit dieser Polyphonie auf vier Etagen, zu der ja auch noch das Pedal als fünfte Stimme hinzutrat.

Die handschriftlich eingetragenen Zahlen links oben waren die Registernummern, die Langer seinerzeit benutzt hatte. Harald stellte sie ein, aber sie ergaben keinen Sinn. Das mussten die Registernummern des alten Spieltisches gewesen sein, der 1939 beim Umbau der Orgel abgerissen wurde. Nach einigem Suchen fand er eine Broschüre aus der Erbauungszeit der Orgel, die seit Jahren unter der Konsole lag. Hier konnte man zum Glück die Registernamen und ihre Nummerierung erkennen. Übertragen auf die fünfstimmige Komposition ergab das folgendes Bild: Die Oberstimme war mit leisen Flöten des Fernwerks besetzt, die Melodie mit der zarten Oboe des Schwellwerks. In der tieferen Tenorlage erklang das Klarinetten-Register, durch eine geschlossene Schwelljalousie abgedämpft und die höhere Lage übernahm die Gambe des Hauptwerks. Zusammen mit der Pedalbegleitung aus Subbass und Zartbass konnte hier ein Mensch alleine fünf verschiedene Klangfarben gleichzeitig spielen. Fünf Stimmen zugleich, fünf Klangfarben, ein Quintett von einer Person alleine ausgeführt, wahrlich ein Superlativ des Instrumentalspiels und eine mentale Höchstleistung! Die Orgel war und blieb die *Königin der Instrumente*.

Während Harald sich mühsam durch die Partitur dieser Artistennummer kämpfte, rief der Kirchendiener von unten: „Ein Herr von der Kriminalpolizei möchte Sie sprechen". Sein Spiel unterbrechend ging er an die Brüstung und sah von oben nur den braunen Herrenhut und den hellen Trenchcoat des unangekündigten Besuchers. Er ahnte, um welchen Gast es sich hier handeln würde.

8

Eberhard Schopflenger empfing ihn am unteren Ende der Treppe mit seinem üblichen spitzen Grinsen. Auch wenn das Wort *süffisant* schon bis zur Phrasenhaftigkeit abgedroschen sein sollte, hier hatte es seinen Platz; der jüngere Halbbruder hätte jederzeit als Archetyp für Süffisanz herhalten können. Dazu benötigte er nicht einmal die Augen, er trug wegen seiner Lichtempfindlichkeit stets eine zu seinem Markenzeichen gewordene Sonnenbrille. Die Mundpartie allein genügte. Eberhard war eineinhalb Jahre jünger als Harald und gleich nach dem Abitur zur Polizei gegangen, wo er im Dezernat Sonderermittlungen des Landeskriminalamtes schnell Karriere machte. Harald war nur mäßig überrascht über sein Erscheinen. Er wusste, dass die Dienststelle seines Bruders immer dann eingeschaltet wurde, wenn die Ermittlungen vor Ort ins Stocken gerieten. Der Kontakt zwischen den Brüdern beschränkte sich auf die bekannten *familiären Anlässe*, denn sie hatten sich nicht besonders viel zu sagen. Zu weit lagen ihre Interessen und Lebensvorstellungen auseinander. Auch wenn Harald ganz unerwartet in den Dunstkreis eines Mordfalls verwickelt war, so erschien ihm dies Zusammentreffen mit dem Bruder unter ungewohnten Umständen doch zwangsläufig.

„Wie steht's mit einem Kaffee?"
Der Kriminalist versuchte die latent peinliche Situation ein wenig aufzulockern.
„Wir können vorne an den Ring gehen. Im Café Faller machen sie den besten Kaffee weit und breit."
Die beiden ungleichen Brüder schlenderten wortlos durch die kleine Stichstraße zu der großen Jugendstilanlage, die in der Wintersonne milchig-verwaist nur in unscharfen Konturen erkennbar war, nur entfernt an die sommerliche Prachtkulisse erinnerte.

Als der Kaffee vor ihnen dampfte begannen sie unisono: „Tja, wer hätte das gedacht ...“ und lachten gleich darauf los. Für einen Außenstehenden wirkte es filmreif einstudiert, aber tatsächlich waren es diese kleinen Dinge, die den beiden so unterschiedlichen Brüdern immer wieder bewiesen, dass sie doch verwandt waren. Verlegenheit war meist die Reaktion darauf, aber hier war kein Halten mehr.

„Ja, meine Dienststelle ist eingeschaltet worden, weil die Ermittlungen ins Stocken geraten sind. Ich bin sozusagen der staatlich bestellte Querdenker für die Kollegen vor Ort. Na, da lag natürlich nichts näher, als gleich einmal nach meinem großen Bruder zu sehen. Die Kolleginnen und Kollegen haben sich sowieso schon über die Namensgleichheit gewundert.“

Harald nippte an seiner Tasse, setzte sie aber wieder ab, um sich nicht die Zunge zu verbrennen. Der Kaffee war noch zu heiß. Er skizzierte Eberhard die Nachforschungen, die er in den letzten Tagen angestellt hatte. Dieser schaute skeptisch drein. Nur bei der Geschichte über die mögliche Verschollenheit von Albert Langer nahm er kurz die Brille ab, eine für ihn typische Aufmerksamkeitspose. Doch auch dieses Interesse fiel schnell wieder in die alte Lässigkeit zurück.

„Harald, weißt du, es geht nicht um diesen Langer, das führt uns zu weit. Es geht um deinen Chef Hanns-Dieter Gaus. In den Nachkriegswirren sind doch massenhaft Leute verschollen. Manche tauchten ganz unvermittelt wieder auf, manche konnte man anhand von Indizien in den damals überfüllten Leichenschauhäusern ausfindig machen. Aber ein guter Teil blieb eben verschwunden. Entweder wurden die Leichen nicht identifiziert oder gar nicht erst gefunden. Und so mancher, der Grund dazu hatte, dürfte im Ausland untergetaucht sein. Neuer Name, neue Biografie und weg waren sie. Ein vor über 20 Jahren möglicherweise verschollener Organist: Darum können wir uns jetzt nicht kümmern."

Das hatte sich Harald beinahe gedacht. Fantasielos wie immer, pedantisch in Nebendingen, keinen Blick für große Zusammenhänge: Das war sein Bruder, ein Möchtegern-Intellektueller. „Könntest du nicht wenigstens Erkundigungen einziehen, was aus dem Verschollenheits-Aufgebot für Langer geworden ist? Ich müsste wissen, wer es beantragt hat und ob es Erfolg hatte?"
Die Beteuerungen Eberhards, er würde sich darum kümmern, klangen lustlos und das Gespräch wurde einsilbiger. Auf dem Rückweg zur Kirche hatten sich die beiden Brüder nichts mehr zu sagen. Sie dachten, mit dem jeweils Anderen an den Falschen geraten zu sein.
„Also, wenn du noch etwas für uns hast, wenn dir irgend etwas auffällt, dann ruf mich ruhig direkt an, wir gehen jetzt jeder Spur nach."
Eberhard verabschiedete sich mit einem kurzen Händedruck, die Augenwinkel schienen hinter der Sonnenbrille zusammengezogen und angespannt, er wirkte ernster und nachdenklicher, als bei seinem Kommen.

9

Harald ging unverzüglich ins Büro zurück. Die Verärgerung über seinen ignoranten Bruder beiseite zu schieben, das gelang ihm nicht sofort. Wie zum Trotz griff er zum zweiten Hefter des von Gaus angelegten Dossiers über Langer und dessen Tätigkeit an der großen Kirche in den Jahren 1911 bis 1945. Erst musste er dahinter kommen, was es mit diesem Albert Langer auf sich hatte und warum Gaus so viel Zeit und Mühe darauf verwandt hatte, hinter dessen Machenschaften zu kommen. Dann ergab sich daraus vielleicht ein Motiv für den Mord an Gaus. Oder die Spur erwies sich als falsch und man konnte den Ansatz wenigstens mit Gewissheit beiseite legen.

Celesta - mit einem dicken Stift in windschiefen Lettern stand es auf dem grünlichen Umschlag geschrieben. *Celesta*, das war das sechsundneunzigste Register der Orgel gewesen, das dem Umbau von 1939 zum Opfer fiel *Die Himmlische*, so die wörtliche Übersetzung dieses sehr seltenen Orgelregisters, das eigentlich ein Glockenspiel aus Metallplatten ist, die mit filzbespannten Klavierhämmern angeschlagen werden. Harald blätterte sich durch die Konstruktionszeichnungen und Beschreibungen und blieb unwillkürlich an diesem ausgefallenen Material hängen. Immerhin war dieses Spezialregister ursprünglich am Fundort der Leiche gestanden oder anders herum gesagt, wenn es noch da wäre, wo hätte man dann den Toten abgelegt?

Das Innenleben der *Celesta* gleicht einer simplen Klaviermechanik. Aber während beim Klavier die Tastenpilote über die im Hebeglied befindliche Stoßzunge den Hammer vorbei am Hammernussleder auf die Saite schnellen lässt, der sich dann zwischen Fänger und Gegenfänger wiederfindet um schließlich mittels Bändchen und Hammernussfeder auf die

Ruheleiste zurückgezogen zu werden, sorgt bei der *Celesta* der Rückstoß des Hammers von der Klangplatte für ein Weiterklingen des Tons. Hammergelenk und Dämpfergelenk haben dabei ein starre Verbindung und werden von einfachen Federdrähten in Position gehalten. Beim Anschlag der Taste sorgen der einregulierte Spielraum des Hammers und die verbleibende Wirkung der Federn exakt für jenen notwendigen Abstand des Hammers zur Klangplatte. Unter den Klangplatten liegen große, hölzerne Resonatoren, Hohlräume, die den weichen Klang verstärken und seine schönsten Obertöne zur Geltung bringen.

Auguste Victor Mustel hatte die *Celesta* am zweiten Juni 1886 um drei Uhr zwanzig in Paris unter der Nummer 176'530 zum Patent angemeldet. Sie war eine seiner zahlreiche Erfindungen rund um das Harmonium d'Art, das in der deutschen Übersetzung etwas unglücklich *Kunstharmonium* getauft wurde. Wie das Vorläufermodell vom 2. Februar des gleichen Jahres (Patent Nummer 70'268), das noch mit Stimmgabeln statt Klangplatten ausgestattet war, hatte Mustel die *Celesta* anfänglich nur als Aufsatz, als zweites Manual auf ein *Kunstharmonium* vorgesehen. Weil aber der überirdische Klang auf einer gewöhnlichen Klaviertastatur bereit steht, begann sogleich der Siegeszug dieses neuen Abkömmlings der weitverzweigten Familie der *Idiophone*, der Selbstklinger. In ein separates Gehäuse gebaut war es bald in jedem Orchester zu finden und die Komponisten stürzten sich geradezu darauf. Jeder kennt die süßlichen Klänge, die Peter Illitsch Tschaikowsky im Jahre 1892 seiner *Zuckerfee* wie einen Schmelzguss überzog. Die Gebrüder *Schiedmayer* aus Stuttgart hatten das Celesta-Handwerk in Paris erlernt und verbreiteten von der schwäbischen Metropole aus die neuartigen Wunderkisten im deutschsprachigen Raum.
Die Idee, eine *Celesta* als Orgelregister zu bauen, war 1911 ebenso ungewöhnlich wie brillant. Eigentlich hatte sich die

Gemeinde seinerzeit nur ein Glockenspiel vorgestellt, aber der großherzogliche Orgelbaukommissär empfahl den Einbau einer *Schiedmayer-Celesta*, was einige technische Neuerungen erzwang. Die Hammermechanik, sonst vom Fingerdruck über die Hebelwirkung der Taste bewegt, musste nun mit einem pneumatischen Spielsystem ausgestattet werden. Jeder Hammerstil benötigt einen kleinen Balg, keilförmig, der mit Luft aufgepumpt wird. Wenn die Luft schnell entweicht, wird ein Schlag auf die Klangplatte ausgeführt: Der Ton erklingt. Elektrische Leitungen mussten vom Spieltisch des Organisten in eine Relaisstation geführt werden, der Stromstoß wird in einen Luftstoß umgewandelt, eine damals völlig neue, kaum erprobte Technik. Wagemutig reizte man die erschlossenen Möglichkeiten gleich bis zum Äußersten und überbrückte den weiten Weg von der Hauptorgel ins Fernwerk mit Elektro-Kabeln. Hundert Meter dürften es gewesen sein. Raffiniert war hierbei die Idee, dieses Glockenspiel zwischen zwei Schwelljalousien zu platzieren und somit dynamisch differenziert einsetzbar zu machen. „Die Himmlische" klang also aus der Kirchenkuppel in den Raum und für die Gläubigen kamen die Tonperlen wie aus paradiesischen Gefilden. Helligkeit und Lautstärke ließen sich durch das Schließen der vorderen Schwellklappen abdämpfen und geheimnisvoll formen: ein bislang unerhörter Effekt.

Harald war fast ein wenig persönlich beleidigt, dass er diese Klänge nie hatte hören können. Das war doch eine klangliche Attraktion, die ihresgleichen vergeblich suchte. Es dürfte viel Zeit und Geld kosten, so etwas wieder zu rekonstruieren, wo doch zumeist die technischen Vorrichtungen, Schablonen und das Wissen um die Geheimnisse eines solchen Registers längst verloren waren. Er nahm sich den nächsten Schnellhefter vor: Umbau der Orgel 1939.

Im Jahre 1939 wurde die ganze Orgel höher gestimmt, vom Kammerton des 19. Jahrhunderts, bei dem der Ton a in der eingestrichenen Oktave mit 435 Hertz schwingt auf nunmehr 450 Hertz. Eine merkwürdig futuristisch anmutende Maßnahme, denn nun war die Orgel im Vergleich zu den Instrumenten des übrigen Musiklebens zu hoch gestimmt. Pfeifen wurden gekürzt, abgesägt oder abgeschnitten, um den höheren Ton zu erreichen. Eine *Celesta* verträgt solche Barbareien nicht. Wer zu viel von ihren Klangplatten abfeilt, den bestraft sie mit physikalischen Kapriolen: Der Ton springt in die Quinte nach oben oder schlägt in die Quarte nach unten, die Schwingungsbögen treffen nicht mehr aufeinander, der Schwingungsknoten gerät außer Rand und Band, die Resonatoren verweigern den Wiederklang, die Wirkung ist dahin. Der himmlische Klang wird zu einem irdischem Blechscheppern. Das feinste Orgelregister, von württembergischen Präzisionshandwerkern nach französischem Raffinement erbaut, war wertlos geworden und musste weichen. Es blieb dann der besagte Hohlraum und genau in diesem Hohlraum wurde die Leiche von Hanns-Dieter Gaus gefunden. Ein groteskes Zusammentreffen.

Harald schauderte bei dem Gedanken, dass Gaus über jenen Ort, an dem seine Leiche gefunden werden sollte, so umfangreiches Material zusammen getragen hatte.

Der Abbau der *Celesta* hatte damals hohe Wellen geschlagen. Zahlreiche Leserbriefe aus den Lokalzeitungen waren hier abgelegt, in denen sich der Ärger über den Kulturfrevel an dieser Attraktion Luft machte. Insbesondere die Unternehmer-Familie Birg, die einst das Glockenspiel gestiftet hatte, attackierte Albert Langer und die Gemeindeleitung vehement. Der achtzehnjährige Adoptivsohn Konstantin erlitt nach dem Ausbau der *Celesta* einen Schock, der die ohnehin schwache psychische Gesundheit des Waisenkindes für Jahre beeinträchtigte. Kurz vor der Weltwirtschaftskrise hatte sich das kinderlose Ehepaar Horst und Isolde Birg in den armseligen Waisenhäusern umgesehen und beschlossen, wenigstens einem der Kinder eine glücklose Zukunft zu ersparen. Horst Birg war damals der führende Kopf einer weitverzweigten Unternehmerfamilie und Direktor eines europaweit agierenden Spirituosengroßhandels. Bei dem hübschen, rothaarigen Lockenschopf Konstantin zeigten sich erste Anzeichen einer geistigen Erkrankung im Alter von etwa sechs Jahren. Jeden Sonntag saß er in der großen Kirche und wartete auf den Einsatz der Glockentöne, die zum Fetisch seiner irregeleiteten Natur geworden waren. Blieb das Register aus, ließ er mit einem Trauerweidenblick den Kopf hängen, bis einer der Pfarrerssöhne, der als Orgelschüler Zugang zum Spieltisch hatte, ihm nach dem Ende des Gottesdienstes in der leeren Kirche noch ein oder zwei Minuten auf dem Glockenspiel vorspielte: etwa Mozarts *Adagio für die Glasharmonika*. Leise perlten die arpeggierten C-Dur-Akkorde aus der Kuppel in den Raum. Die eleganten Linien enthielten Vorhaltsnoten, sie umspielten die Melodietöne und kreisten sanft über den Begleitstimmen. Alles war von sphärischer Leichtigkeit.

Dann war Konstantins Frohsinn schnell wiederhergestellt. Albert Langer wäre so etwas nicht in den Sinn gekommen. Er wies die Einwände der Familie Birg zurück. Man müsse vielmehr froh sein, so Langer in einem Antwortschreiben, dass man das undeutsche, sentimentale Spielzeug losgeworden sei, „das nur der Verweichlichung und Zersetzung eines starken Geistes diene“, den man in naher Zukunft noch benötigen würde. Familie Birg wandte sich verärgert von der Gemeinde ab, nur Konstantin verfolgte Albert Langer, den Urheber seiner Pein, mit Hassattacken. Mehrfach hatte Langer die Polizei eingeschaltet, weil Konstantin ihm nachstellte, ihm auf der Straße hinter herrief oder listige Fallen stellte. Einmal trat Langer in einen Farbtopf, ein ander mal flog ihm beim Öffnen der Kirchentür ein toter Vogel vor die Füße. Da Konstantin als geistig behindert angesehen wurde und seit dem Abbau der *Celesta* immer wieder in depressive Lethargie verfiel, war den Belästigungen schwer beizukommen. Langer versuchte es mit einem polizeilich angeordneten Hausverbot für das Kirchengelände, denn die Streiche nahmen allmählich dämonische Züge an und ihre Wirkung ging nicht spurlos an dem Organisten vorüber.

Als Langer dann schließlich 1945 verschwand, kam der inzwischen 23-jährige Konstantin Birg sogar in Untersuchungshaft. Man verdächtigte ihn des Mordes an Langer. Die Verhörprotokolle konnte Harald hier nachlesen, Hanns Dieter Gaus hatte ganze Recherchearbeit geleistet.

Plötzlich stand Babette Hettinger hinter ihm. Harald war so vertieft gewesen, dass er ihr Kommen nicht gehört hatte.
„Wusstest Du, dass unser Konstantin unter Mordverdacht stand, als Albert Langer verschwand?" –
„Konstantin Birg? Nein, das klingt ja unglaublich, was liest Du denn da?" –
„Das sind Unterlagen, die Gaus über Langer angesammelt hat. Schau her, hier sind sogar die Vernehmungsprotokolle aus der Untersuchungshaft."
Babette beugte sich über Haralds Schulter, was bedingt durch ihre geringe Körpergröße unweigerlich dazu führte, dass Harald immer tiefer im Stuhl versank, mit dem Hintern beinahe unter den Tisch zu rutschten drohte, um nicht ganz unter ihrem Oberkörper begraben zu werden.
„Da steht aber nicht viel drin. Aus dem Konstantin haben sie wohl nicht viel herausbekommen".
Er blätterte um.
„Sieh, da wurde die Untersuchung niedergeschlagen mangels handfester Beweise und natürlich mangels Leiche, denn man hat Langer nie gefunden." –

„Was kümmerst du dich überhaupt um diese alte Geschichte. Ich dachte es geht dir darum, den Mord an Gaus aufzuklären?“
„Babette, das hängt irgendwie zusammen, das sagt mir mein Instinkt! Gaus hat so unglaublich viel Material über Langer angesammelt, das geht weit über ein Interesse an der Historie unserer Kirche hinaus. Ich bin ganz sicher, es gibt einen Zusammenhang, den wir noch nicht sehen. Hier, Gaus hat mit der Familie Birg korrespondiert. Er wollte mehr über die Sache wissen.“ –

Die Korrespondenz entpuppte sich aber als nichtssagend. Vermutlich wollte die Familie keine Scherereien und mit der alten Geschichte möglichst wenig zu tun haben. Harald erinnerte sich auch, dass Gaus eigentlich recht freundlich mit Birg umgegangen war, denn Birg saß seit vielen Jahren Sonntag für Sonntag in jedem Gottesdienst und er besuchte jedes Konzert, das Gaus spielte. Harald kratzte sich nachdenklich am Hinterkopf. Es war unwahrscheinlich, aber nicht unmöglich.

„Babette, das wäre eine Möglichkeit. Wenn Konstantin damals Langer getötet hätte, dann dürfte ihm Gaus' Interesse als Bedrohung erschienen sein. Gaus hat sich ihm in väterlicher Freundschaft genähert, und wenn Konstantin gemerkt haben sollte, dass Gaus im Grunde gegen ihn ermittelte, dann könnte er unkontrolliert gehandelt haben. Aus Sicht eines Kranken hätte er die drohende Gefahr nur durch eine erneute Gewalttat aufhalten können. Das wäre ein Motiv. Und der Fundort ist das Indiz. Konstantins Erkrankung wurde durch den Ausbau der *Celesta* schlimmer und genau an diesen Ort hat er die Leiche von Gaus gebracht. Das kann ja nur die Tat eines Wahnsinnigen gewesen sein!“ –
„Eines kranken Menschen würde ich sagen.“ –

„Krank oder wahnsinnig, das müssen die Psychiater entscheiden." -
„Harald, das glaube ich nicht. Aber ich kann ja mal mit Konstantin reden und ihn ein bisschen aushorchen." -
„Auf keinen Fall, nachher finden wir dich auch noch da oben. Nein, jetzt werde ich meinen Bruder anrufen, vielleicht beeindruckt ihn diese Geschichte und er unternimmt endlich etwas." -
„Armer Konstantin."

10

Die Rollläden halb herunter gelassen saß Eberhard Schopflenger im Halbdunkel seines Büros, die Sonnenbrille vor sich in der Schale mit den Schreibwerkzeugen, einen Bleistift in der rechten Hand an dessen Ende kleine Kraterformationen von der Begegnung mit den Kommissarszähnen zeugten. Die Schreibmaschine stand akkurat im rechten Drittel des Tisches, das linke Drittel war unter aufgeschlagenen Aktenbündeln und Umlaufmappen kaum zu erkennen. Ihm gegenüber lungerte Konstantin Birg auf einem Stuhl herum, den Kopf auf der Brust hängend, so dass seine Locken das Gesicht verbargen. Er musste im Dunkeln sitzen. Neben ihm saß eine Sozialarbeiterin, die als Dolmetscherin und Anwältin zugleich fungierte, da Konstantin manchmal eher grunzende Laute als Worte von sich gab.

„Herr Birg, wo waren Sie in der Zeit zwischen dem Abend des 1. Januars und dem darauf folgenden Morgen?"
„Weiß nicht, in der Kirche?"
„Sie können doch nicht eine ganze Nacht in der Kirche gewesen sein."
„Eine ganze Nacht in der Kirche, nein, dann war ich zu Hause."

„Herr Kriminalkommissar, das führt doch zu nichts, sie stellen immer die gleichen Fragen, die Birg gar nicht beantworten kann, weil er kein Zeitgefühl hat, wie sie und ich eines haben.“ -
„Gnädigste, irgendwie muss ich ja mal weiter kommen, bitte helfen sie mir, sagen sie mir, wie ich ihn befragen soll.“
Die Sozialarbeiterin drehte sich zur Seite und flüsterte Konstantin etwas ins Ohr. Konstantin begann zu brabbeln:
„Der soll nur aufpassen, der Celesta-Dieb, irgendwann erwischen wir ihn noch!“, dabei fuhr er mit dem Kopf in die Höhe, so dass sein grob geschnittenes Gesicht wie eine Maske hinter einem Vorhang auftauchte.
„Herr Birg, es geht nicht um die *Celesta*, es geht auch nicht um Albert Langer, den sie wohl meinen, es geht um Hanns-Dieter Gaus, wissen sie, dass er tot ist?“ -
„Tot, ja ja, tot, aber Langer, ist der denn tot?“ -
„Das führt zu nichts“, Eberhard Schopflenger klappte eine seiner vielen Mappen zu, um damit das Ende der Vernehmung einzuleiten.

Als Birg und seine Begleitung gegangen waren, schob er den Bleistift in den Mund und griff zum Hörer.

„Harald, pass auf, aus eurem Schwachsinnigen habe ich nichts heraus bekommen. Das ist nur eine ganz dünne Spur, die du dir da ausgedacht hast. - Ja, meine Leute gehen allen Anhaltspunkten nach und befragen Nachbarn und so weiter. Glaub mir: Wir bekommen schon noch heraus, wo sich Konstantin Birg in der fraglichen Zeit aufgehalten hat. - Hm, ich sehe da keine zwingende Verbindung. - Nein, ganz ausschließen kann ich es auch nicht, tue ich ja auch nicht, aber ich kann mir den großen Zeitaufwand nicht leisten. - Harald, ich sage ja, die Spur klang vielversprechend, aber ich kann nicht einen Fall Langer aufmachen. - Kopien darf ich dir keine geben, aber du kannst hier bei mir alle Unterlagen einsehen, das geht. – Natürlich, wenn du etwas Konkretes hast, dann ruf mich wieder an!“

Eberhard legte den Hörer in die Gabel und setzte sich die Sonnenbrille auf die Nase, denn inzwischen hatte sich die Nachmittagssonne unter die letzte Leiste der Jalousie geschoben und erhellte den Raum mit fahlem gelb. Schaden kann es ja nicht, dachte er bei sich, wenn Harald an der Sache dran blieb. Abhalten konnte man ihn sowieso nicht, denn wenn der sich einmal etwas in den Kopf gesetzt hatte, dann ließ er ohnehin nicht davon ab. Ob relevant oder nicht, die historische Seite des Falles dürfte bei ihm gerade richtig aufgehoben sein. Für die Polizeiarbeit war sie zu aufwändig und das Ergebnis zu ungewiss. Und außerdem, bei dieser Art der Arbeitsteilung kam man sich nicht in die Quere. Das konnten sie beim Landeskriminalamt gar nicht leiden, wenn Hobby-Detektive in ihren Ermittlungen herumstocherten. Es blieb einzig das Risiko, dass Haralds Spur doch die Richtige war. Dann würde er sich zweifellos in Gefahr begeben. Ein Mörder, der so kaltblütig getötet hatte, würde nicht zögern, auch ein zweites Mal zuzuschlagen, wenn ihm ein Verfolger zu dicht auf den Fersen war.

Dennoch ärgerte sich Kommissar Schopflenger über den Misserfolg seines Verhörs. Er konnte noch nicht einmal einschätzen, ob Konstantin Birg wirklich so gestört war, wie es den Anschein hatte. Vielleicht waren die unsinnigen Repliken auf seine Fragen ja gespielt. Vielleicht verstand er ja mehr, als er erkennen ließ? Nur warum gab er dann nicht die gewünschten Auskünfte? Wenn diese unsägliche Sozialarbeiterin nicht gewesen wäre, dann hätte er wenigstens einmal ein paar gängige Verhörmethoden erproben können. Möglicherweise hätte man Konstantin einschüchtern können oder listig zu Aussagen bringen, die seine wahre Auffassungsgabe offenbarten. Man hätte durch sture Wiederholung oder durch beharrliches Schweigen seine Widerstandsfähigkeit testen und die ein oder andere brauchbare Äußerung aus ihm herauslocken können. Irgendwann tappt jeder Simulant in eine Falle und Verstellung war im Spiel, dessen war sich Eberhard sicher. Zweifellos wurde er auf eine Art irregeführt. Aber als Polizist weiß man einfach zu wenig über psychisch Kranke. Er schlug das Dossier mit dem Krankheitsverlauf Birgs auf. Die Expertisen waren voll mit Fachbegriffen, die auch kein klareres Bild ergaben.

Die Eltern Birg brachten Konstantin Anfang der dreißiger Jahre in die Schweiz zu Prof. Moritz Tramer, einem der Begründer der modernen Kinderpsychiatrie. Nach einer mehrwöchigen stationären Untersuchung schrieb Tramer, der den Unternehmer Birg wohl auch persönlich zu kennen schien, neben dem Gutachten im notwendigen fachchinesisch für den behandelnden Seelendoktor vor Ort auch einen lieben Brief an die Familie, in dem er die Untersuchungsmethoden mit Bezug auf sein im Entstehen begriffenes Lehrbuch der allgemeinen Kinderpsychiatrie erläuterte. Tramer plädierte sehr für die Gruppenarbeit bei der Anamnese, für die Zusammenarbeit unterschiedlich geschulten Personals in einer Kinderklinik, die den Diagnosemöglichkeiten eines allein arbeitenden, niedergelassenen Arztes vorzuziehen seien. In seinem Stab arbeiteten unter der Leitung des Kinderpsychiaters auch ein Kinderarzt, eine Psychologin, ein Sozialarbeiter und eine Kunst- und Musiktherapeutin, die mittels verschiedener Methoden einen Gesamteindruck von der Persönlichkeit des Kindes entwickelten.

Üblicherweise sei die konnektive, die verknüpfende Untersuchungsmethode, in der statistisch erhobene Umfragen unter Kindern gleichen Alters zum Vergleich herangezogen würden, eher nachrangig zu sehen. Bei Konstantin könne sie immerhin als eine mögliche Methode nützlich sein. Seine Intelligenz und Auffassungsgabe sei teilweise weit überdurchschnittlich, aber es fehle ihm an der Fähigkeit, das Erkannte zu ordnen oder angemessen wiederzugeben. Bei den individuell-klinischen Methoden gäbe es einige situationsbedingte Grenzen. So sei die Heredität, die durch Vererbung angelegten Eigenschaften der Persönlichkeit, ja durch die Adoptionssituation nicht zu ermitteln. Insofern seien auch Prognosen über die weitere Entwicklung bereits festgestellter Faktoren schwierig, eine nach der durchgeführten Anamnese assoziativ gehaltene Befragung von Eltern und Geschwistern in einer psychologisch günstigen Situation somit zwecklos. Auch Milieu-Faktoren scheiden weitgehend aus, da der Adoptierte sich eher in einem für ihn fremden Umfeld bewege, dies sich aber nun mal nicht ändern lasse.

Der kleine Konstantin verhielt sich anfangs sehr scheu, wurde aber immer zutraulicher. Auf künstlerische Reize wie Malen oder Singen reagierte er positiv. Besonders erinnere er sich an lustige Momente, in denen er dem Jungen auf dem Anstaltsharmonium vorgespielt habe. Beim *Totentanz*, einer bizarren Programmmusik Sigfrid Karg-Elerts mit skurrilen Effekten, sei er jedes Mal aufgesprungen und habe das musikalische Programm pantomimisch dargestellt. Die hohnlachenden Grimassen und die wild-orgiastischen Rhythmen schienen ihm ebenso zu gefallen, wie die leisen Klagen der Abgeschiedenen aus unsichtbarer Tiefe. Diese Klagen bestehen nur aus einem einzigen, auszuhaltenden, schillernden Akkord, der nur durch das Umregistrieren seine Farbe und Tonhöhe chamäleonhaft veränderte. Sie hatten es ihm besonders angetan. Hier wimmerte er ergreifend bei der Stimme des Kindes mit, die mit der zweispieligen *Harpe éolienne* säuselte, dort röhrte er so tief er mit seiner Stimme eben konnte und imitierte zusammen mit dem brummigen 16'-Cluster den alten Mann. Dazwischen persiflierte er grazil die helle Klangfarbe der Jungfrau und die ernste Würde des

Jünglings. Auch für die subtilen Übergänge, das langsame Anheben der Fratzenmotive und das brummige Lauern auf den abschließenden Donnerschlag, zeigte er dramatisches und tänzerisches Geschick. Eine *Commedia dell'arte* der eigenen Art, wie Tramer fand.

Der Bericht über den Tanz zu dieser Musik war auffallend ausführlich, denn sonst tappte man im Dunklen. Die ungelenke Motorik und Mimik ordne man weitgehend der noch wenig erforschten Kinderschizophrenie zu. Wie gesagt, seine Intelligenz sei auffallend, aber schnell zu ermüden. Seine Einbildungskraft beeindrucke durch starke aber sprunghafte Bilder, die Suggestibilität sei schwach, d. h., er falle zumeist auf Suggestivfragen herein, was aber auch ein Schutzmechanismus sein könne. Die Aufsuchung affektbetonter Komplexe nach C. G. Jung mittels ausgesuchter Reizwörter ergab keine verwertbaren Ergebnisse, dafür sei der Patient zu sehr in sich gekehrt.

Alle medikamentösen Behandlungsversuche seien an vergleichbaren Fällen immer fehlgeschlagen und wären bei Konstantin deshalb nicht zu empfehlen. Auch sei von einer Unterbringung in einer Anstalt prinzipiell abzuraten, solange es irgend möglich ist. Langjährige Erfahrungen hätten gezeigt, dass der Umgang mit Gesunden, die freie Lebensweise und vor allem eine sinnvolle Beschäftigung vielen Kranken ein gutes, teilweise sogar glückliches Leben beschere, während eingeschlossene Patienten zu Paranoia neigten und schließlich autoaggressive Verhaltensweisen entwickelten.

Eberhard Schopflenger überblätterte die beigelegte, noch umfangreichere wissenschaftliche Diagnose und suchte nach den Unterlagen, die anlässlich der Ermittlung gegen Birg im Jahre 1945 angelegt wurden. In einem solchen gerichtspsychiatrischen Gutachten herrschte gleich ein ganz anderer

Ton. Der Arzt stützte sich dabei allerdings nur auf eine eingehende Befragung der Eltern und des Klienten während eines einzigen Tages in seiner Praxis. Birg sei, glaube man den Berichten der Eltern, früher ein hypomanisches Temperament gewesen, dessen Frohmut und fast überbordende Ausgelassenheit dazu führte, dass er überall beliebt und gern gesehen war. Dies sei durchaus denkbar, da die guten Lebensbedingungen in einer wirtschaftlich und gesellschaftlich so privilegierte Familie sich günstig auf Kranke auswirken können. Der seinerzeitige Ausbau des Glockenspiels aus der Orgel der großen Kirche löste eine vorübergehende Depression aus. Dieser Schock, der das Ausmaß der Krankheit des jungen Mannes erst richtig offenbarte, mache ihn zu einem zyklothymen Fall, der zwischen verschiedenen Gemütszuständen, dem früheren frohgelaunten und dem dumpfen Grübeln ohne erkennbaren Anlass hin und her schwanke.

Zweifellos projiziere er die Schuld für seinen verschlechterten Gemütszustand auf den vermeintlichen Verursacher, eben jenen Langer, der das besagte Glockenspiel ausbauen ließ. Der Glücksfetisch, das Glockenspiel, wurde gegen einen Unglücksfetisch, den Organisten, ausgetauscht. Eine solche Verhaltensweise ließe psychotische Ursachen vermuten, allerdings habe sich der Kranke im Untersuchungszeitraum nicht fremdgelenkt gezeigt. Deutlicher seien paranoide Tendenzen zu diagnostizieren, die zu hysterischen Posen und Szenen führten. Insgesamt sei eine fortschreitende *Dementiae praecox*, auch Schizophrenie genannt, unübersehbar, gelegentlich auftretende Autismen würden dies nur unterstreichen, ebenso die zumeist stereotypen Bewegungen und Körperhaltungen. Letzte Gewissheit gäbe ihm die markante Form der Backenknochen, die auffallend unproportional zum Unterkiefer stünden und eher an den ostisch-sibirischen Typ erinnern, wie ihn Müller-Köber beschrieben habe. Eine Entmündigung und Einsetzung eines vorsorglichen Pflegschaftsvormunds nach § 104 BGB für den Fall des Ablebens der Eltern sei dringend geboten. Zwar fehle für das infrage stehende Tötungsdelikt das typische Aggressionspotenzial, ganz auszuschließen sei eine Freveltat allerdings nicht. In einem solchen Falle müsse der Beschuldigte eingehender auf seine Zurechnungsfähigkeit untersucht werden. Die Schuldfähigkeit nach § 52 StGB sei nicht hypothetisch konstatierbar. Sollte sich seine Beteiligung an einem Gewaltverbrechen herausstellen, sei eine Unterbringung in der Irrenanstalt allerdings unvermeidlich.

Eberhard Schopflenger blickte nachdenklich in die untergehende Sonne und biss dabei die Miene seines angekauten Bleistifts mit einem Zähnefletschen durch. Er stand auf und lief im Zimmer umher und schlug mit dem Stiftfragment wilde Haken in die Luft.

Warum um alles in der Welt hat dieser Gaus nach fünfzehn Jahren den ohnehin fragwürdigen Fall Langer wieder aufgerollt? Gäbe es eine Leiche, wüsste man, woran man ist. Wie kam Gaus überhaupt an die Unterlagen? Er muss jemanden gekannt haben, der ihm vertrauliches Material besorgen konnte. Laut Staatsanwaltschaft hätte Birg damals die Gelegenheit zum Mord an Langer gehabt, denn Langer sei während seiner Evakuierungszeit noch einmal zurückgekommen, um Orgelnoten zu holen, die im August 1945 aus dem Notenschrank der großen Orgel plötzlich verschwanden. Danach wurde Langer, so jedenfalls die Ermittlungen, nicht mehr gesehen, und daher rührt der Verdacht, es müsse ein Gewaltverbrechen vorliegen. Andererseits könnte er auch bei dem Versuch der Heimreise ums Leben gekommen sein, immerhin war Reisen zu diesem Zeitpunkt nicht ungefährlich und er musste die Besatzungszonen wechseln. Harald hatte recht: Wenn Birg diesen Langer ermordet hätte, was ja nicht zweifelsfrei ausgeschlossen werden konnte, dann hätte sich Gaus mit seiner Schnüffelei zweifellos in Gefahr gebracht. Nicht nur ein Geisteskranker wie Birg, jeder Mörder hätte es als existenzielle Bedrohung empfunden, wenn man ihm auf die Spur kommen könnte. So manchem unentdeckten Täter war ein zweiter Mord zur Vertuschung des ersten als der einzige und vielversprechende Ausweg erschienen.

Eberhard warf den zerstörten Bleistift in hohem Bogen in den Papierkorb und nahm, während er sich wieder setzte, den Hörer zur Hand. Es kam jetzt alles darauf an, jede Bewegung Birgs in der fraglichen Nacht lückenlos zu rekonstruieren. Gedankenverloren griff er zu einem neuen Bleistift, einem Geschenk seines Bruders Harald, angeblich eine besonders schmackhafte und bissfeste Sorte. Bei dieser Marke hatte ihm der große Bruder ein besonderes Genusserlebnis versprochen, schließlich kannte er sich aus in dieser gemeinsamen, schlechten Angewohnheit.

11

Der Zug ratterte die Schwarzwaldstrecke hinauf und schüttelte die Insassen liebevoll, wie ein Goldschürfer den Inhalt seines Siebes. Harald hielt die Augen halb geöffnet und wehrte sich nicht gegen die Bleischwere, die seine Augenlider niederdrückte und die unglückliche Szene auf der gegenüberliegenden Sitzbank immer wieder ins Dunkel tauchte. In regelmäßigen Abständen ließen schmatzende Geräusche aus dem Wettergesicht seines Gegenübers seine Augendeckel wieder hochfahren. Immer sah er dabei in neue, einander ablösende Fratzen, die wie düstere Masken einer nächtlichen Fastnachtsprozession vorbeizogen. Das aufgeblasene Bubengesicht und die ballonartigen Körperformen der benachbarten Ehegattin rundeten die schwarz gekleidete Bankbesatzung kurvenreich ab.

Uschi Maibaum saß neben Harald ebenfalls mit geschlossenen Augen. Die schönen langen Wimpern erstrahlten im Sonnenschein wie die eines Goldengels. Sie dürfte den Armen des Morpheus nicht mehr allzu fern gewesen sein. Im Hin und Her des Waggons berührten sich ihre Schultern in regelmäßigem Schwingen, und Harald sah im Geist eine Elfe im Orchester sitzen, die zwei Becken ganz leise und mit sachtkreisender Regelmäßigkeit aneinander schlug. Der Dirigent, ein blasierter Gent mit Halstuch, gab das Tempo statt mit Hilfe eines Taktstocks mit albernen Kusshändchen an und steuerte so die ätherischen Klänge seiner Partitur. Harald sah nicht, wie sich die Landschaft hinter den engen Tälern wieder öffnete und die Weite der Voralpenlandschaft zu ihren Füßen im Abendrot lag. Erst als der Zug in der Grenzstadt angekommen war, weckte ihn Uschi, die sich zwischenzeitlich mit dem für jede Abwechslung dankbaren Schaffner angefreundet hatte.

Der alte Schulfreund stand schon am Bahnhof und erinnerte ein wenig an das gleichnamige Gemälde von Spitzweg, weniger seines Alters, mehr der altfränkischen Kleidung wegen, die er von Jugend an bevorzugte. Seit den gemeinsamen Internatstagen war der Kontakt zu Theo nie ganz abgerissen, und jetzt erwies er sich als besonders hilfreich. Die genaue Ortskenntnis und das umfangreiche Wissen des Freundes über die Geschichte seiner Heimatstadt sollten den Recherchen der beiden zu gute kommen.
„Lasst uns gleich von hier aus einen kleinen historischen Stadtrundgang unter dem Gesichtspunkt *Revolutionen und Umstürzler in 500 Jahren* machen."
Der Abend war für Ende Januar recht mild, so dass Harald und Uschi ihre Mäntel zusammenrafften und zustimmend nickten. Gesessen hatten sie die längste Zeit.
„Wir beginnen dort drüben mit der Domkirche. Wenige Zentimeter unter unseren Füßen befinden sich die Reste eines römischen Kastells aus dem 1. Jahrhundert. Um 615 hat es hier eine Kirche gegeben, die der heilige Gallus in seinen Traktaten erwähnt. Im Jahre 904 kommt die Reliquie des heiligen Pelagius hierher und legt damit den Grundstein für die Bedeutung der Kirche."
Uschi unterdrückte ein Gähnen.
„Ich sehe schon, wir machen das nicht so ausführlich!", reagierte der Stadtführer souverän und setzte seinen Vortrag in lexikalischer Kürze fort.
„Um 1089 wird die Domkirche geweiht und bis 1680 immer weiter ausgebaut. Und jetzt passt auf, das ist vielleicht wichtig für euch: Schon 1518 gelangen Martin Luthers Schriften in die freie Reichsstadt, und das reformatorische Gedankengut verbreitet sich so rasch, dass die Evangelischen schnell in der Überzahl sind. Der Bischof verlässt die Stadt, zieht auf seinen Sommersitz und kehrt die nächsten 300 Jahre nicht mehr zurück! Zwar wehrt sich 1548 die Bürgerschaft zunächst gegen das kaiserliche Interim und die damit beabsichtigte konfes-

sionelle Restauration, auch mit Erfolg gegen anrückende Habsburger Truppen. Aber nach einigen Wochen Belagerung ergibt sich die Stadt kampflos. Die Einwohner müssen zum Katholizismus zurückkehren. Der Bischof aber bleibt im Sommerschloss bis das Bistum 1821 aufgehoben wird."

Uschi Maibaum unterdrückte ein erneutes Gähnen und Harald, der es im Augenwinkel sah, ergriff die Initiative:
„Wie waren denn die Verhältnisse um 1945?".
Der Freund verstand den Wink mit dem Zeitensprung und erwiderte ungerührt:
„Die Stadt blieb im Krieg unzerstört und war überfüllt mit Evakuierten aus dem Rheinland. Und da gibt es eine interessante Parallele: Auch diesmal gelang es durch Verhandlungsgeschick, die Stadt den französischen Truppen kampflos zu übergeben. Es gab nur einen einzigen Toten, aus Versehen."
„Theo, wir suchen nach den Spuren eines Organisten, der früher an unserer Kirche tätig war. Er verschwand im Sommer 1945 spurlos, aber soviel man weiß, war er hierher in die Grenzstadt evakuiert worden. Wo könnten wir etwas über ihn heraus finden?"-
„Die Stadt war damals voll von Flüchtlingen, und man muss sich vorstellen, dass aufgrund der Verhältnisse ein großes Chaos geherrscht haben dürfte. Wenn es noch Dokumente gibt, dann liegen sie inzwischen im Stadtarchiv. Ich rufe gleich morgen früh dort an, dann könnt ihr selbst nachschauen gehen. Der Archivar ist ein wenig kauzig, aber dank meiner Verbindungen wird er euch schon helfen."
Schweigend liefen sie einige Schritte nebeneinander her, bis Theo wieder die Initiative ergriff:
„So langsam wird's doch kalt. Na, ich denke, ihr werdet jetzt hungrig sein. Da vorne gibt's ein nettes Fischlokal, da kriegen wir noch was."

Über den frittierten Fischen entfaltete Theo seinen ganzen Charme und hofierte die schöne Uschi kunstgerecht. Für Harald war das nichts Neues, denn Theo testete grundsätzlich seinen Marktwert, und der war nicht niedrig. Während Harald sein Filet in die Remouladensoße tauchte, tauschten sich die beiden über rechtsphilosophische Grundwerte und deren Wandel in der Menschheitsgeschichte aus. Harald beobachte die beiden hellwach, schließlich hatte er im Zug wunderbar geschlafen. Vergeblich verglich er den schmierigen Dirigenten seines Traums mit Theo. Nein, Theo war entschieden besser aufgestellt und potenziell erfolgreicher gerade bei anspruchsvollen jungen Damen. Das plötzliche Interesse an der Juristerei wirkte allerdings aufgesetzt und er unterdrückte nur mit Mühe die aufkeimende Verstimmung gegen den alten Kumpan. War er etwa eifersüchtig?

Theo zeigte sich von seiner besten Seite. Gewandt reagierte er auf alle Fragen, über die er eigentlich nichts wusste, zeigte sich einsichtig, ja großzügig, wenn die Argumente Uschis stachen. Er parierte elegant, entgegnete mild, gar altersweise, war liebenswürdig und doch immer scharfsinnig.

Auf dem Heimweg passierten sie weitere geschichtsträchtige Stätten, die Theo eigentlich nur noch Uschi vorzuführen schien. Harald kannte die Schauplätze soweit ganz gut, fühlte sich aber in der Rolle des störenden Dritten ausgesprochen unbehaglich. Den Mantelkragen bis an die Ohren gestellt und den Schal vor dem Mund, war er bemüht, mit den beiden Schritt zu halten, fiel aber regelmäßig einen halben Meter zurück. Der Fisch im Magen wurde mit der Zeit immer schwerer.

Hier der Geranienbalkon eines Grundschulrektors, von dem aus Friedrich Hecker 1848 zur Revolution aufrufen wollte. Da es damals regnete, fand die Veranstaltung im Saale statt.

Hessische Truppen bereiteten dem Revolutionshaufen einige Tage später ein jähes Ende. Dort die Schweizer Grenze, die zur Zeit der Sozialistengesetze ein Schlupfloch für die junge Sozialdemokratie und ihre verbotenen Druckerzeugnisse bot. August Bebel war mehrfach in der Stadt gewesen und so manche Türklinke aus der Bebelschen Fabrikation öffnet noch heute die Türen in den Häusern der damaligen Aktivisten. Unweit davon der Platz, an dem der böhmische Reformator Jan Hus 1415 verbrannt wurde. Sein eigentlicher Irrglaube war weniger theologischer Natur, er hätte den Zusicherungen auf freies Geleit der versammelten Weltkirche keinen Glauben schenken dürfen. Nur etwa tausend Meter entfernt davon dann der Platz, an dem der Hitlerattentäter Georg Elser aufgegriffen wurde. Nur wenige Meter haben ihn vom sicheren schweizerischen Boden getrennt. In der Ferne die Nachtlaterne des kleinen Schlösschens, in dem die Übergabe der Stadt an die Franzosen ausgehandelt wurde.

Als man in Theos Wohnung angekommen war, stellte sich die Frage der Übernachtungskonstellation, denn es gab nur zwei Zimmer: eines mit zwei Betten und eines mit einem Sofa.
„Ihr könnt euch aussuchen, wie wir heute nächtigen wollen!", sprach's und verschwand im Badezimmer.
Uschi schaute Harald unsicher in die Augen. Harald schaute zur Badezimmertür, die Situation schien unversehens zu entgleiten. In Haralds Kopf rasten die Gedanken gegen die Auswirkungen des Weinkonsums an. Wollte Theo mit Uschi in einem Zimmer nächtigen? Oder ging Theo davon aus, dass er die Reise unternommen habe um Uschi näher zu kommen? Was wollte eigentlich Uschi? Noch bevor er ihre Reaktion auswerten konnte, löste er die Verwirrung auf und rief zur Badezimmertür: „Die Dame wird auf dem Sofa bestens untergebracht sein."
Uschi passte es nicht, dass sie gar nicht gefragt wurde. Sie ärgerte sich über Haralds distanzierte Ausdrucksweise und

setzte ihr bestes Schmollgesicht auf. Es hätte nicht viel gefehlt und sie hätte ihm diesmal wirklich die Zunge gezeigt.

12

Am nächsten Morgen öffnete der alte Stadtarchivar das große Eichenportal seiner Dienststelle. Uschi und Harald betraten als erste Besucher des Tages die kleine Eingangshalle. Hilfsbereit, aber müde geworden von den vielen Fragen, die er im Laufe von drei Jahrzehnten schon beantwortet hatte, holte er geduldig Bücher und Aktenkartons aus den Regalen hinter dem abgewetzten Ausgabemöbel.

Auf Empfehlung Theos überflog Harald zunächst Band vier der Stadtgeschichte, einem jüngst erschienenen Standardwerk, in dem Dr. Eginhard Kummer die Entwicklung der Stadt zwischen 1920 und 1950 anhand von Statistiken erläuterte. Hatte die Stadt 1943 noch achtunddreißigtausend Einwohner, so stieg diese Zahl bis 1945 durch Evakuierte und Flüchtlinge auf über siebzigtausend an, sank aber bis 1948 wieder auf das alte Niveau. Die noch in den zwanziger Jahren vorherrschende Dominanz der Textilindustrie wandelte sich in den Dreißigern zu Metall- und Maschinenbaubetrieben, bis schließlich der Zweite Weltkrieg die Ansiedlung neuer Industrien erzwang, darunter kriegswichtige Firmen für Flugzeugbau oder Radargeräte. Gegen Ende des Krieges bemühte sich die Stadtverwaltung um eine Anerkennung als Austauschstadt für Kriegsgefangene und als Lazarettstadt. Obwohl hier kein formeller Erfolg erzielt wurde, übergab man die Stadt am Ende doch kampflos und verhinderte ihre Zerstörung.

Nach der Übernahme der Stadt durch die Besatzungsmacht konnte die öffentliche Ordnung nur mittels militärischer Verfügungen aufrechterhalten werden. Die meisten Lebensbereiche fielen mehr oder weniger ins Chaos, teils des allgemeinen Mangels, teils der fehlenden Infrastruktur wegen. Es gab kein Benzin mehr und ein Fahrrad kam auf vier Einwohner. Der Briefverkehr brach zusammen. Lebensmittel bekam nur, wer einen Bezugsschein vorweisen konnte, die Kalorienzuteilung sank auf 700 Kalorien pro Kopf, die Tagesration Brot auf 125 Gramm. Holz, Gas, Licht, Benzin, Kerzen, alles war Mangelware. Das Betreten der Wälder war verboten, um den vorhandenen Baumbestand zu sichern. Das öffentliche Leben, Handel und Produktion kamen nur langsam wieder in Gang. Kaum waren die Evakuierten und Kriegsverletzten in ihre Heimat zurückgekehrt, kamen die ersten Transporte mit Flüchtlingen aus dem Osten an, die auf die Stadt und das Umland verteilt werden mussten.

Harald blickte sich nach dem Archivar um, der zwischenzeitlich in ein Fahrnisverzeichnis vertieft war.
„Entschuldigen Sie, wenn ich hier nach einer vermissten Person im Jahre 1945 suche, dann haben wir wohl in Anbetracht des allgemeinen Durcheinanders wenig Chancen, etwas über seinen Aufenthalt hier in der Stadt herauszufinden?"
Der Weißbärtige wiegte den Kopf ein wenig hin und her und wischte sich die abgeregneten Schuppen von der offen schlendernden Nadelstreifenweste.
„Das ist nicht unbedingt so. Wir haben ja alle Register vollständig erhalten, das Melderegister wie das Sterberegister. Die Bürokraten waren ja immer da, egal wie schlimm die Lage war."
Ein schelmisches Grinsen verbreiterte sein Gesicht fast bis zu den Ohren. Je näher diese Wilhelm-Busch-Figur auf sie zu schlurfte, desto vertrauter wurde der Tonfall.
„Bis auf ein paar Illegale isch da alles drin! Suchet ihr nur e weng wieter, ich gang mol die andre Büecher go hole."
So lässig seine Bewegungen erscheinen mochte, durch seine Brille blickten neugierige aber gutmütige Augen. Als er

schließlich unversehens in seinen alemannischen Dialekt verfiel, blickte Uschi verständnislos drein. Harald übersetzte mühelos.

In einem Karton mit der Aufschrift *Dokumente 1945* fand sich noch eine originale Anordnung der Besatzungsmacht:

Bekanntmachung!
1. Zwischen 19 Uhr abends und 7 Uhr früh herrscht strenges Ausgangsverbot.
2. Bis Freitag, den 27. April mittags 12 Uhr müssen sämtliche Schuss-, Hieb- und Stichwaffen - einschließlich Jagdgewehren - nebst Munition bei den Polizeirevieren abgeliefert werden, ebenso die Radio- und Photo-Apparate.
3. Radfahren ist verboten, ebenso Kraftwagen- und Motorradverkehr.
4. Telefongespräche sind nur im Ortsnetz zugelassen.
5. Jede feindselige Handlung gegen die Besatzungsmacht zieht schwerste Folgen nach sich, z. B.: Verhängung der Todesstrafe, Erschießung von Geiseln, Niederbrennen von Gebäuden, aus denen geschossen worden ist.
Der Oberst und der Stadtkommandant

Dahinter lag noch ein handschriftlicher Lebensbericht der Hildegard F.. Im Grunde war es ein durchschnittliches und ereignisloses Leben mit Volksschule, Jungmädels, BDM, Einsatz als Arbeitskraft in kriegswichtigen Betrieben. Aber eine Passage fand Haralds Aufmerksamkeit: Hildegard hatte einen Verlobten, einen Soldaten, der infolge seiner Verwundung nur zum Garnisonsdienst taugte. Zusammen mit dem Volkssturm und den letzten, kaum noch kampffähigen Truppenresten trat er am Tag der Besetzung ins Nachbarland über und verschwand dann spurlos. Hildegard hat nie wieder etwas von ihm gehört, nur sein Tagebuch aus der Garnisonszeit war ihr geblieben.

„Also sind doch immer wieder Leute verschollen und spurlos verschwunden?".

Der Aktenhüter war aus den Tiefen seiner Regallandschaft wieder aufgetaucht.

„Ja, sicher, schon, schon, aber jetzt sagen Sie mir erst mal den Namen. -

„Albert Langer, er muss etwa im Februar 1945 hierher gekommen sein." -

„Langer, Langer ...", der Finger des alten Mannes wanderte langsam die Namensspalten hinunter, die Augen folgten ihm über die auf die Nasenspitze gerutschte Brille hinweg. Zwischen den Zähnen schien gar die Zungenspitze wie ein Navigator durch das Melderegister zu führen. „Hier, da ist er, Albert Langer, geboren am 2. Juli 1889 in Katharinenberg, kam am 26. Februar hierher und wohnte in der Mangoldstraße. Abgemeldet hat er sich nicht, eine neue Anmeldung in einer anderen Stadt hätte eigentlich auch hier eingetragen werden müssen. - Moment ...", mit der bewährten Technik durchsuchte der Archivarius auch den zweiten Folianten, dabei die eingetragenen Namen fragmentarisch in der Art eines Rosenkranzgebets vor sich hin murmelnd.

„Nein, hier steht er nicht, gestorben ist er hier nicht. Die einzigen beiden Unbekannten, die hier verzeichnet sind, waren wesentlich jünger, vermutlich desertierte Soldaten oder Nazis auf der Flucht."

Uschi und Harald verabschiedeten sich von dem liebenswürdigen Kurator, der ihnen im Laufe des Vormittags wie ein Bundesgenosse ans Herz gewachsen war. Erst als sich das große Portal hinter ihnen wieder schloss und Sonnenstrahlen die Augen blinzeln ließen, kehrten sie aus dieser versunkenen Welt in die Gegenwart zurück.

„Jetzt sind wir wohl so klug als wie zuvor?"
Uschi öffnete ihren Mantel, um etwas von der Sonnenwärme hineinzulassen.
„Nein, das kann man nicht sagen. Wir wissen jetzt, dass Langer mit hoher Wahrscheinlichkeit hier nicht zu Tode gekommen ist. Das bringt uns zwar nicht viel weiter, aber es schließt eben eine Möglichkeit aus." -
„Ja und wie geht es dann weiter?" -
„Es bleiben noch folgende Möglichkeiten: Entweder hat Konstantin Birg den Langer doch umgebracht, als er Mitte August letztmals zu Hause auftauchte, oder Langer ist auf der Reise umgekommen, oder er lebt noch." -
„Oder eine dritte Person hat ihn auf dem Gewissen!" -
„Oder das, da hast du recht. Als nächstes sollten wir herausfinden, ob es nach Mitte August 1945 noch ein Lebenszeichen von Langer gegeben hat. Dann wäre Birg aus dem Schneider."

Auf dem Weg zur Lutherkirche hakte sich Uschi bei Harald unter und er ging teils steif, teils stolz im Kommerzienratsgang über Brücke und Boulevard. Uschi ließ sich ihre gute Laune davon nicht verderben und schlenderte gelöst durch die Wintersonne.
„Lass uns zuerst auf den Kirchturm steigen. Von oben haben wir heute bestimmt eine wunderbare Aussicht auf die Stadt und die Berge."

Harald war der Vorschlag recht, denn der Staub des Stadtarchivs stak ihm noch in der Nase. Oben auf dem Kirchturm dürfte es luftig genug sein, um die Atemwege frei zu blasen. Vielleicht ließen sich ja sogar die blockierten Detektivhirne wieder in Gang bringen. Was den Lungen der Staub war den Köpfen der Buchstabenwald.

Die Türe zum Turmaufgang war so verzogen, dass sie nur noch angelehnt war und sich erst mit einem kräftigen Ruck öffnen ließ. Der Boden war übersät mit Taubendreck und bis zur Holztreppe war es ein Hindernislauf wie über die Untiefen eines Wasserlaufs. Die Treppe war steil und reichte jeweils nur ein kurzes Stockwerk hinauf, so eng, dass man gerade um die nächste Kurve herum kam, Gegenverkehr war nicht vorgesehen. Uschi ging unsicher die morschen Stufen hinauf und als sie auszurutschen drohte, ergriff Harald ihre Hand. Obwohl nur zur Sicherung des Aufstiegs gedacht spürte er doch die weiche Haut und die feinen Finger, die sich besonders nach Treppenabsätzen fester an die Seinen schmiegten. Als sie oben ankamen, hielten sie ihre Hände einen Moment länger, als es erforderlich gewesen wäre. Harald blickte unsicher auf Uschis Schuhe, dann lösten er seine Hand von der ihren und sie schauten in entgegengesetzte Richtungen. Man sah den See in kräftigem blau und sah seine Verästelungen und Inseln und Halbinseln. Die schneebedeckten Berge waren wie zum Greifen nahe. Fasziniert genossen Sie diesen Moment. Der Abstieg erforderte höhere Aufmerksamkeit, so dass sie weiterhin wortlos hintereinander gingen. Erst als sie auf der Orgelempore ankamen fand Harald wieder zu seiner gewohnten Eloquenz.

„Schau, hier ist die Orgel, an der Langer seinerzeit gespielt hat. Vermutlich hat man den eigentlichen Organisten mit dem letzten Aufgebot an die Front oder zum Westwall geschickt.“
Auf dem Rückpositiv lag ein Stapel mit alten, zerfledderten Noten, Harald zog einen Band mit Orgelwerken Bachs hervor.
„Hier, damit können wir die Pfeifen ordentlich durchpusten, und sehen, was die alte Kiste noch hergibt.“

Ein Druck auf den Tuttiknopf, der alle Register auf einmal einstellt, und sogleich erklang der berühmte Mordent, der den Beginn der beliebten und geradezu epidemisch verbreiteten *Toccata in d-Moll* von Johann Sebastian Bach einleitete.

Die von Pausen abrupt unterbrochenen Tonfiguren schossen wie bizarre Wolkenfetzen in den Kirchenraum. Überhaupt kam diese Toccata einer Gewittermusik am nächsten. Wie ein Grollen aus der Tiefe schraubten sich die einstimmigen Triolengirlanden kreisförmig nach oben und wurden doch immer wieder durch plötzliche Pausen zerrissen. Erst der dritte Anlauf trollte sich langsam wieder abwärts und mündete in den aufgeladenen, gespannten verminderten Septakkord über dem brummenden Grundton des Pedals. Das Gehäuse vibrierte und einige lose Holzplatten fingen an zu schlagen und zwar solange, bis sich die Spannung nach einem dazwischen geschobenen Lauf im d-Moll Klang wieder löste. Die zierlichen Repetitionsstellen mit dem stupide zu wiederholenden Ton a' erinnerten sehr an eine Violinpartie. Für die Geige dürfte das Stück sogar ursprünglich geschrieben worden sein. Hier konzertierte die Musik. Die pointillistisch zerrissenen, übrigen Teile waren für einen Augenblick vergessen. Doch dann brach die Motorik plötzlich ab. Jetzt folgten nach dem Frage-Antwort-Schema angeordnete Akkordbrechungen. Ihre nachklappernden Kadenzen waren mit einer Pedallinie unterlegt. Immer atemloser steigerten sich die Läufe und kurzen Phrasen zu einem wahrhaft apokalyptischen Rausch. Auf dem Höhepunkt des Stücks jagten die Finger über aufgelöste Akkordfiguren und nahmen im Grunde Franz Liszts Sturm-Fantasie vorweg. Danach ein paar kräftige Akkorde wie markante Donnerschläge und mächtig strömten die Klangwolken bis zu dem düsteren Schlussakkord, der kompromisslos, ja unversöhnlich dröhnte. Ein d-Moll-Akkord in tiefer Lage, in der unheimlichen, der zerstörerischen Tonart. Auch die Posaunen von Jericho sollen in d-Moll gespielt haben. Hier zeigte sich die feine Naturbeobachtung des Komponisten: Das Stück endete finster wie ein in sich zusammen gesunkenes Unwetter. Ja man glaubte noch Minuten später schwarze Abdrücke auf dem grauen Innenputz der Wände zu sehen. Der Raum vibrierte und in den Ohren rauschte es noch lange.

Ergriffen schauten Uschi und Harald dem Nachhall im diesigen Kirchenraum nach und als er wortlos das Notenbuch vom Pult nahm, fiel ein Blatt heraus. Uschi hob es auf und wollte es schon zur Seite legen, als Harald danach griff und große Augen machte. Es war ein Programm der Kirchenmusikalischen Feierstunde vom 25. August 1945 abends um ½ 8 Uhr. Das Programm war sogar gedruckt, in der Buchdruckerei Max Jacob gesetzt worden, was so unmittelbar nach dem Kriegsende sicherlich mit einigem Aufwand verbunden gewesen war. Mit dem Finger zeigte er Uschi die Liste der Ausführenden. Das waren Ingeborg de Fries, Sopran und Karl Hangarter, Violine und an der Orgel kein geringerer als Kirchenmusikdirektor Albert Langer. Das Programm enthielt eine merkwürdige Mischung aus Romantik und Barock und schloss mit genau dieser *Toccata in d-Moll* von Bach ab.

13

Kommissar Schopflenger lehnte sich mit dem ganzen Oberkörper über die Berichte seiner Mitarbeiter, die in loser Folge über die Arbeitsfläche verstreut eine geschlossene Papierdecke bildeten. Die Ellbogen weit nach vorne etwa bis zur Mitte des Tisches gehoben, stützte er sich ungelenk auf der Tischplatte ab, um seinen Besuchern durch körperliche Nähe eine gespannte Aufmerksamkeit vorzuspielen. Sein Grinsen war noch süffisanter als sonst. Der rechte Mundwinkel reichte jetzt fast in Ohrenhöhe und sein Gesicht bekam unwillkürlich eine Ganovennote. Vor ihm saßen Harald und Uschi und berichteten von den Ergebnissen ihrer Erkundungsfahrt. Eberhard hatte, wie um besser zu verstehen, sogar die Sonnenbrille abgenommen und hielt sie in nachdenklicher Schräge in der Luft, eine Intellektuellenpose, wie er sie für besondere Momente einstudiert hatte. Tatsächlich hörte er den Beiden kaum zu, vielmehr galt seine Aufmerksamkeit einzig der attraktiven jungen Dame, die sein Bruder da hereingeführt hatte und deren Erscheinung ihn sogar von seinen Kaubleistiften ablenkte. Fast wie auf einem Standesamt saßen die beiden vor ihm. Seinen Mundwinkel zog er bei diesem Gedanken noch weiter Richtung Ohr. Während er Harald aufmerksam zu lauschen schien, schwankte er hin und her zwischen väterlichem Beratungston und männlichem Imponiergehabe. Dabei beschränkten sich seine Äußerungen auf einige zerstreut eingeworfene „Ach ja? - Ah so! - Sieh an!“ und andere Floskeln mehr.

Harald ging die peinliche Szene auf die Nerven. Mit ungewohntem Nachdruck in der Stimme legte er seinem Bruder das Konzertprogramm vom 25. August hin:
„Wenn Langer dieses Konzert gespielt hat, dann kann Birg ihn ja nicht umgebracht haben, jedenfalls nicht in der ihm da-

mals zur Last gelegten Zeit. Das wäre dann vermutlich auch der Beweis für Birgs Unschuld am Tod von Gaus!".
Eberhard lehnte sich jovial zurück und griff, ohne seinen Blick von Uschi abzuwenden, nach dem ersten Blatt der vor ihm liegenden Berichte.
„Ja, das deckt sich auch mit den Recherchen meiner Leute. Soweit es sich feststellen ließ, hatte Konstantin Birg keine Gelegenheit in der fraglichen Zeit zwischen dem ersten und dem zweiten Januar, Hanns-Dieter Gaus zu töten. Also können wir Birg getrost einmal aus dem Fokus nehmen. Es war ja eh nur eine schwache Spur, wie ich von Anfang an gesagt habe."
Während dieser Bemerkung fiel sein Blick erstmals wieder auf Harald, der den billigen Triumph lächerlich fand und sich vom Stuhl erheben wollte.
„Halt, wartet, ich hab' da noch etwas, das euch vielleicht interessieren dürfte. Du hast mir doch erzählt, dass bei den Unterlagen von Gaus auch ein Dossier über einen Oskar Maria Weißlinger dabei wäre."

Harald stellte die Augenbrauen hoch.
„Gegen diesen Weißlinger hat es damals auch ein Ermittlungsverfahren wegen des Verschwindens von Albert Langer gegeben, und zwar kurz nachdem man dasjenige gegen Birg aus Beweismangel eingestellt hatte."
Harald schloss die Augen, um sich zu konzentrieren.
„Wieso kam man auf diesen Weißlinger?" –
„Nun, Langer war am 30. August bei seiner Schwester zum Geburtstag eingeladen und hatte auch zugesagt, ebenso wie Weißlinger. Aber keiner von beiden erschien bei der Feier, so dass später der Verdacht aufkam, Weißlinger könnte etwas mit dem Verschwinden Langers zu tun haben. Tatsächlich hatte er auch für die in Frage kommende Zeit kein ausreichendes Alibi. Aber was wir erst heute wissen: Langer hat ja am 25. August noch gelebt und ein Orgelkonzert gespielt.

Folglich käme für Weißlingers Mord nur noch der Zeitraum zwischen dem 26. und dem 30. August in Frage, was man bei den damaligen Ermittlungen ja nicht wissen konnte." –
„Und warum sollte Weißlinger etwas gegen Langer unternommen haben? Ich hätte eher vermutet, die beiden hatten doch gemeinsame Interessen, weil sie während des *Dritten Reichs* zusammengearbeitet haben."
„Harald, das heißt doch gar nichts. Im Gegenteil, aus Freundschaft kann Hass werden, aus Zusammenarbeit Gegnerschaft, insbesondere, wenn man in der Nazizeit vielleicht Dinge gemacht hat, an die man später nicht mehr erinnert werden will. Da sind alte Mitstreiter oft lästig oder gar schädlich und existenzbedrohend."
Eberhard Schopflenger kramte weiter in seinen Papieren.
„Irgendwie ging es dabei um eine Komposition oder einen Text. Ich hab das nicht ganz verstanden, aber wie ich euch zwei Spürnasen kenne, werdet ihr das bald herausfinden."
Er gab die Suche auf und blickte wieder auf: „Meldet euch, wenn die Spur heiß werden sollte."
Jetzt stand der Kommissar auf und schüttelte seinen Besuchern die Hände, nicht ohne noch einmal einen Verführerblick in die Augen von Uschi geworfen zu haben.

14

Uschi war nach diesem Gespräch in die Universität zurückgekehrt, um sich ihren Studien zu widmen. Sie hatte aber versprochen, sich sobald als möglich telefonisch zu melden, denn, wie sie in den letzten Tagen gesehen hatten, waren die Nachforschungen so zeitraubend, dass einer allein nur langsam vorwärts kam. Und der Blick hinter die Kulissen der Polizeiarbeit führte auch dazu, dass sie verstehen konnten, warum sich die Aufklärung von Verbrechen manchmal Monate oder Jahre hinziehen konnte. Solange man im Dunkeln tappt, muss man eben Zentimeter für Zentimeter mühsam abgehen. Das war die oft beschworene Routinearbeit, die nebenher kaum zu leisten war.

Harald ging aus dem Polizeipräsidium unverzüglich in Richtung Kirchenbüro und dort angekommen nahm er sich die Mappe Weißlinger vor. Das neue Thema hatte ihm Auftrieb gegeben. Nach der aufwändigen Reise und dem letztlich doch mosaiksteinartigen Ergebnis drohte seine Energie zu erlahmen. Gleich obenauf lagen Presseberichte und das Textheft zu *Der große Pflüger - Ein vaterländisches Oratorium, op. 31*, eine Komposition Albert Langers, die 1936 mit vier Solisten, Chor, Kinderchor und Sinfonie-Orchester uraufgeführt wurde. Dr. Oskar Maria Weißlinger war der Verfasser des Textes, und die beigefügte Zeitungskritik schwärmte von dem in Text und Musik so gelungenen Werk, wobei über die politische Tendenz des Inhalts kein Zweifel aufkommen konnte.

„Aus reinstem Können heraus hat Albert Langer in seinem Vaterländischen Oratorium ‚Der große Pflüger' op. 31, den großartigen Versuch gemacht, das Erleben des Neuen Deutschland, seinen Aufstieg aus Not und Niedergang mit den Mitteln der Kirchenmusik zu gestalten. Den Text verfasste unser allseits geschätzter Dr. Oskar Maria Weißlinger, seines Zeichens Direktor des Realgymnasiums unserer Stadt, und dieser wählt zu recht die kraftvolle Sprache, ohne zu sehr forciert zu sein".

Die Aufführungsdauer wurde mit einer Stunde und fünfundvierzig Minuten angegeben, wobei die einzelnen Nummern des Prologs und der vier Teile unmittelbar - ohne Pause - aufeinander folgen. Auf der Innenseite des Titelkartons erläuterte der Autor den Aufriss des Werkes.
„Im vorliegenden Werk werden in groben Umrissen die in die Zeit von 1914-1933 anfallenden großen Ereignisse dargestellt". Im Prolog wechseln geistliche Gesänge mit Bibelworten des Propheten. Im folgenden 1. Teil wird der Ausbruch des Weltkrieges geschildert, die Zeit, in der die Kirche die Massen der Gläubigen kaum zu fassen vermochte, die Zeit der Bittgottesdienste, der Kriegsandachten, Kriegstrauungen und Kriegerabendmahle. Mit dem Auszug der Krieger und einem Nachspiel des Orchesters wird dieser Teil beschlossen. Der 2. Teil bringt Szenen auf dem Schlachtfeld. Gebet vor und während der Schlacht, die visionäre Erscheinung des Heilandes bei den Verwundeten. Mit ernsten Betrachtungen über die Vergänglichkeit des Menschen schließt der Teil ab. Der 3. Teil schildert den Niedergang, die schweren Folgen des verlorenen Krieges und des uns durch Feindes Übermacht und inneren Verrat aufgezwungenen Friedensvertrags: Die Revolution, Sturz der Regenten, Inflation, Hungersnot, Arbeitslosigkeit und Gottlosenbewegung. Der 4. Teil, die Erhebung, beginnt mit Gebeten des schwerbedrängten Volkes um Errettung aus der Not und endet mit der Aufrichtung des Reiches.

„Über all den Geschehnissen steht der Lenker aller Weltgeschicke,
Gott, der Allmächtige,
der den Kriegen steuert in aller Welt,

der große Pflüger
der, wenn es sein muss, ‚das hartgeword'ne Menschenland umpflügt',
der mit den schweren Schicksalen die Prüfung des Glaubens sendet,
der aber auch ein Vater ist,
der uns liebt und ‚aus Schutt und Brand das neue Vaterland' erstehen ließ,
indem er uns zur rechten Zeit den Führer sandte;
darum ‚Lobet Gott, den Herrn,
denn er hat großes an uns getan!
des sind wir fröhlich!"

Harald schwindelte bei so viel Dreistigkeit. Alle niederen Instinkte und politischen Dummheiten waren hier in einer stinkenden religiös-politischen Soße verrührt. Ein Blick ins Textbuch bestätigte schlimmste Befürchtungen. Bibeltexte und Gesangbuchverse wurden mit zeitgenössischen Dichtungen und pseudoliturgischer Prosa durchmischt.

Die Altstimme schluchzte Verse aus Psalm 42:
Was betrübst du dich, meine Seele.
Der Chronist salbadert:
Ernst tönt vom Turm der Glocken Ruf,
der Orgel Klang die Massen führt,
Sie erflebt des Volkes Andacht und Gebet.
Der Chor hebt an und tobt:
Schlacht, du brichst heran!
Horch, die Trompeten werben,
vorwärts auf Leben und Sterben!
Vaterlands Hort!
Woll'n wir aus glühenden Ketten
tot oder siegend erretten.

Im dritten Teil erscheint dann der große Pflüger mit bedeutungsschwerer Botschaft auf der Szene, wozu die Anfangszeile eines alten Choral missbraucht wird:
Es ist genug!
Ich nehme selber nun den Pflug
Und pflüge mir mit eigner Hand
Mein hart gewordnes Menschenland.
Darauf antwortet die Stimme der Arbeitslosen als Männerchor:
Deutschland, nimm unsern Werkwillen an!,
und der Chronist vermerkt:
Es hassten sich die Stände und teilten sich in viele Haufen. Die Machthaber aber des Volkes, sie gedachten nur des eigenen Wohles.

Endlich im vierten Teil steigerte sich die Dichtung zum geistlichen und geistigen Kollaps: „Da nun der Herr sahe, dass der Prüfungen genug waren, sandte er einen Mann aus dem Volke zu ihnen hin, dass er ihm den Weg zur Rettung weise. Aber die Masse des verirrten Volkes missachtete seiner Rede, stellte ihn vor des Volkes Gericht. Als nun die Zeit gekommen war, sandte Gott hin, ließ ihn freigeben, stellte ihn hin wie eine stählerne Säule und eine Mauer von Granit. Sein Wort und seine Rede brannte wie ein Fackel in der Nacht. Und Gott segnete seinen Kampf und setzte ihn zum Herrscher über das Reich."

Der Chor überhöhte die Szene mit dem Choral *Nun danket alle Gott* – eine Regie von einfältiger, aber durchschlagender Wirkung. Dieses Machwerk war unzweifelhaft und zugegebener Maßen in grotesker Weise auch noch den Mendelssohnschen Oratorien, besonders dem *Elias*, epigonal nachempfunden. Da das Werk von 1936 stammt, endete alles in friedlichen Choral- und Jubelgesängen. An Krieg dachte hier noch niemand. Zwischen den Halleluja-Rufen dankt der Chor in den Weißlingerschen Worten dem Allerhöchsten: „Mit Frieden hast du uns bedacht, / den Führer uns bestellt zur Wacht / zur Ehre und in deinem Namen. / Amen!“

Harald saß fassungslos vor dem Textbuch. Es war wie eine schlechte Geschichtsstunde, diese bizarre Textkompilation zu lesen. Die Dolchstoßlegende, die als überzogen empfundene Reparationsleistungen - Strafe für einen ungerechten, zu unrecht verlorenen Weltkrieg. Und dann die Blasphemie, Hitler als einen Messias anzukündigen. Goebbels Propagandaerfolg hätte nicht größer sein können: Hitlers *Vorsehung*, ein der christlichen Verheißung bewusst nachempfundenes Sendungsbewusstsein wurde hier eins zu eins inszeniert. Unglaublich, zu welchen Verirrungen gebildete Menschen fähig waren. In dem Exemplar, das Gaus abgeheftet hatte, war mehrfach das Wort *Führer* gestrichen und mit *Wächter* oder *Frieden* ersetzt, so als ob man das Werk nochmals für eine Aufführung nach 1945 hätte einrichten können, indem man das verräterische Wort *Führer* austauschte. Das sind die wirklich Unverbesserlichen, die Verfasser dieses Machwerks hatten auch nach dem Zusammenbruch nichts dazu gelernt.

Harald packte den Ordner und stopfte ihn in seine lederne Aktentasche. Irgendwie ging das Gelesene nicht spurlos an ihm vorüber. Dass ausgerechnet hier an der großen Kirche ein solches Machwerk produziert worden war, wühlte ihn auf. Und vor allem, wie erfolgreich diese Entgleisung unter den Teppich gekehrt werden konnte. So erfolgreich, dass er nach etwas über dreißig Jahren noch nie davon gehört hatte. Das stimmte ihn nachdenklich. Schließlich dürfte es ja noch Zeitzeugen geben, die sich an diese Aufführung erinnerten. Nicht nur der Librettist, auch alle Solisten, Chorsänger, Orchestermusiker, die Rezensenten, die Zuhörer, sie alle waren doch am Zustandekommen des *großen Pflügers* beteiligt gewesen. Vermutlich hatte sich inzwischen in stillem Einvernehmen eine Mauer des Schweigens gebildet. Nun gut, wenn niemand danach fragte, warum sollten die Leute darüber reden? Gerade wo es doch eine Angelegenheit von größter Peinlichkeit war. Und natürlich gab es wichtigere Vorgänge. Aber auf dieser kulturellen Ebene wurden die geistigen Voraussetzungen für die Verbrechen geschaffen, damit hatte der Nazi-Spuk doch begonnen. Harald nahm sich vor, diese Angelegenheit nicht einfach auf sich beruhen zu lassen.

Draußen auf der Straße wandte er sich kaum nach den Autos um. Zielstrebig lief er durch die Straßen der Stadt. Hastig, wie zu einem drängenden Termin. Nur kurz schwenkte er in sein Stammcafé am kleinen Ring ein, trank eilig einen kleinen Kaffee mit etwas Milch und legte sein Kleingeld auf den Tisch, den Mantel hatte er gar nicht erst ausgezogen. Vorbei am Wasserturm überquerte er die große Ringstraße und fädelte sich im Zickzack durch die Häuserblocks der ehemaligen Altstadt. Ein Blick auf die Uhr und er beschleunigte seinen Schritt erneut in Richtung Schloss, wo er im östlichen Flügel auf die Hörsäle der Universität zusteuerte.

Schon unten an der Treppe sah er den blonden Lockenkopf von Uschi aus einer Gruppe von Studenten herausleuchten. Er ging gradewegs auf sie zu, fast unhöflich drängte er sich in den Kreis, mischte sich ins Gespräch, aber Uschi schien es ihm nicht übelzunehmen. Vielmehr verabschiedete sie sich beiläufig und ging mit ihm hinunter ins Mensa-Café, wo sie in einer Ecke ungestört die Neuigkeiten austauschen konnten. Harald zeigte ihr seine Entdeckungen und es tat ihm gut, seine Aufregung auf diese Weise ein wenig abzubauen. Uschi war auch nicht untätig gewesen und hatte bereits in der Bibliothek geforscht. Im siebten Band der Anthologie *Allgemeine Pädagogische Biographien, Südwestdeutschland* hatte sie einiges über Weißlinger gefunden.

15

Oskar Maria Weißlinger war 1895 in Waldkirch im Schwarzwald geboren. Ein Jahr vor dem ersten Weltkrieg nahm er ein Studium in Straßburg auf und belegte die Fächer Latein, Griechisch und Germanistik. Von 1914–1918 diente er im 87. badischen Infanterieregiment, anfangs als Frontsoldat, später als Dechiffrierer des codierten feindlichen Funkverkehrs. 1919 setzte er sein Studium in Marburg fort, promovierte über *Sophokles und die klassische Tragödie* und wurde 1922 Lehrer am Kurfürstlichen Realgymnasium, das damals wegen des schnellen Wachstums an ständigem Lehrermangel litt. Weißlinger wurde 1929 zweiter stellvertretender Direktor der Bildungsanstalt und förderte den Ausbau zu einer Doppelschule mit vollständigem Gymnasium nach Kräften. Dennoch konnte er sein geliebtes Griechisch nie unterrichten, so dass er in seiner Freizeit zunächst vaterländische Schuldramen nach antikem Vorbild verfasste. Später trat er als anerkannter Übersetzer der Dramen von Sophokles hervor, insbesondere seine Antigone galt wegen der sprachlichen Nähe zum griechischen Urtext als vorbildlich und wurde für zahlreiche Jahrgänge im ganzen Land zur Pflichtlektüre. 1934 wurde er zum Direktor der Schule ernannt.

Hier endete die Biografie Weißlingers. Obwohl der Band in den Fünfziger Jahren herausgegeben wurde, schien man auf Aktualität keinen besonderen Wert zu legen. Nach 1934 gab es anscheinend nichts berichtenswertes mehr.

Harald zog den Hefter hervor, den er aus dem Büro mitgebracht hatte. Uschi staunte erneut über die umfangreiche Sammlung von Fakten und Unterlagen, die Hanns-Dieter Gaus hier angelegt hatte. Die folgenden Seiten waren der Durchschlag eines Typoskripts, das mit einer recht alten Schreibmaschine getippt worden war. Der Schreiber hatte offensichtlich Mühe mit dem Gerät, denn der Buchstabe ‚a' hing jeweils schräg, das ‚f' und das ‚p' zu tief, so dass sie immer wieder in die darunter liegende Zeile gerieten. Die Farben der Buchstaben variierten von einem sehr festen schwarz bis hin zu undeutlichem grau, aber unabhängig von den Buchstaben, so dass es sich um einen ungeübten Schreiber gehandelt haben muss. Insgesamt machte das Papier den Eindruck eines Geheimdienstdossiers, das in einem dunklen Keller geschrieben wurde und über verschlungene Pfade ans Licht kam. Hier erfuhr man mehr über Weißlingers Werdegang, als diesem heute lieb sein konnte.

„Lass uns zu mir in die Küche gehen und dort weiterlesen," schlug Harald vor, „das sind doch heikle Personalien, die können wir nicht in der Mensa ausbreiten. Am Ende bekommen die Wände noch Ohren."
Uschi nickte, nahm ihre Jacke, reichte ihm seine und sie verließen das Universitätsgelände. In Haralds Wohnung angekommen fegte dieser mit dem Unterarm über den Küchentisch: „Sauber!" Und ohne weitere Umschweife lasen sie weiter.

Die Geschichte dieser Schule kann man als geradezu beispielhaft für die Entwicklung der Bildungseinrichtungen im Deutschen Reich ansehen. 1880 als Oberrealschule gegründet wurde in der Kurfürstlichen Schule schon ein Jahr später die achtstufige Realschule nach preußischen Vorbild eingeführt und das Haus somit zu einer Vollanstalt erster Ordnung erhoben. Auf dem Lehrplan standen neben den üblichen Fächern auch Latein und Englisch sowie Physik und Chemie für die Sekundaner und Primaner. Für die Schüler der Sexta und Quinta waren 28 Wochenstunden vorgesehen, ab der Ober- und Unterterzia gab es jeweils 32 Wochenstunden, dazu Turnen und Gesang. Die Anerkennung des Realgymnasiums als eine dem humanistischen Gymnasium gleichwertige wissenschaftliche und ethische Bildungsstätte zog sich aber noch lange hin. Zwischen den Vertretern der beiden Schulgattungen gab es lebhafte Auseinandersetzungen auf unterstem intellektuellem Niveau. Man bezichtigte sich wahlweise der Aushöhlung der klassischen Bildung, also dem Verrat an Cicero, Karl dem Großen und Goethe, oder der Ignoranz gegenüber den modernen Wissenschaften. Wie in einer Schlammschlacht mit Matschbällen, so bewarfen sich die Vorzeigepädagogen mit verbalen Injurien. Angeblich hat einmal ein Kollege vor einem anderen ausgespuckt. Angeblich wäre es beinahe zu einem Duell gekommen, was der Pfarrer dann aber noch verhindern konnte. Angeblich grüßten sich die Ehegattinnen noch Jahrzehnte später nicht, drängelten sich beim Fleischer vor die Andere.

1903 war die Schule zu einer Riesenanstalt geworden, die im ganzen Land ihresgleichen suchte. Ein Neubau wurde fällig und der Lehrkörper erweitert. Für den Unterricht der 978 Schüler in 36 Klassen benötigte man mindestens 47 Lehrkräfte. Zum Kollegium gehörten: der Direktor, 31 angestellte, akademische Lehrer und Oberlehrer, darunter waren elf promoviert und sieben trugen den Titel *Gymnasialprofessor.* Drei Assessoren, Fünf Referendare, ein Zeichenlehrer, zwei Musiklehrer, zwei Pfarrer (evangelisch), ein Kaplan (römisch katholisch), ein Rabbiner (israelitisch), ein Stenografielehrer, der aber nur für zwei Stunden angestellt war, und zwei Turnlehrer.

Bei der Teilung der Schule im Jahre 1911 rief der Vorgänger von Weißlinger, Dr. Franz Weinsold, den versammelten lokalen Politikern und Schulangehörigen zu: „Die ältere Schwester, die zur Oberrealschule ausgewachsene einstige Realschule, bezieht den herrlichen Neubau; indes die jüngere, das Realgymnasium, weiterhin im Hauptteil des alten Gebäudes verbleibt. Wohl könnte diese verbleibende Schwester sich zurückgesetzt fühlen und mit Wehmut zu den lichten und vorzüglich eingerichteten Räumen hinüberschielen. Auch sie sehnt sich nach mehr Luft zum Atmen und mehr Licht, unter dem ein freier Geist sich erst ungehindert entfalten kann. Aber nein! Nicht Neid, sondern Mitfreunde und tiefe Empfindungen der Dankbarkeit stehen heute in den Herzen der Zurückbleibenden geschrieben, die so lange sich an der mütterlichen Brust genährt und unter dem väterlichen Dach Schutz suchend sich entfalten konnten und erblühten." 1919 wurde der Unterricht um Philosophie und staatspolitische Fächer erweitert, um mit der „Weckung einer tiefbegründeten Staatsgesinnung" der jungen Demokratie eine Verankerung in den Köpfen der Schüler zu verschaffen. Man wollte aus der Katastrophe des 1. Weltkrieges etwas lernen.

Harald gähnte und atmete tief durch. Die Luft im Raum war verbraucht und er kippte sein Fenster zum Hof. In der gegenüberliegenden Wohnung wickelte ein Mann eine Säge in Zeitungspapier ein. Harald runzelte die Stirn. Zuerst wollte er Uschi noch darauf aufmerksam machen, er kehrte aber zu seinem Fall zurück. „Die Geschichte dieser höheren Bildungsanstalt, die ich ja selbst besucht habe, ist zwar interessant, aber für heute zu ausführlich. Wenn der Fall Gaus gelöst wäre, dann kann ich das einmal mit der gebührenden Aufmerksamkeit durchlesen."
Er wollte die nächsten Seiten großzügig überblättern, da blieb Uschis Blick an dem Wort *judenfrei* hängen. Sie zeigte darauf: „Ich glaube, wir müssen doch weiterlesen. Die NS-Zeit scheint immer mehr eine Schlüsselfunktion in unserem Mordfall einzunehmen."
Harald nickte.

1933 wurde der jüdische Direktor der Schule abgesetzt und Weißlinger zog 1934 an dem sozialdemokratisch gesinnten, ersten stellvertretenden Direktor vorbei ins Schulleiterbüro im ersten Stock des Realgymnasiums. 1936 wurde die Schule in eine Deutsche Oberschule umgewandelt und somit ganz dem staatlichen Einfluss unterstellt, was die Gleichschaltung durch das NS-Regime bedeutete. 1937 meldete Weißlinger die Schule „judenfrei" und 1938 bestätigte der Schulbericht, dass alle Schüler Mitglied der *Hitler-Jugend* oder des *Bund Deutscher Mädels* seien. Am 9. November konnten die höheren Klassen im Nachmittagsunterricht sehen, wie die nahe gelegene Synagoge in Flammen aufging, denn der sogenannte *Volkszorn* brach sich hier schon vor Einbruch der Dunkelheit seine Bahn. Ab 1939 wurden zahlreiche Lehrer an die Front gerufen, so dass die Durchführung des Unterrichts schwer zu gewährleisten war. Weißlinger musste zähneknirschend auf gerade diejenigen pensionierten Lehrer zurückgreifen, die man 1933/34 wegen politischer Unzuverlässigkeit vorzeitig in den Ruhestand versetzt hatte.

Im Schuljahr 1943/44 waren 52 Unterrichtstage durch Fliegeralarm ausgefallen. Die Keller mussten als Luftschutzräume hergerichtet werden. Anfang 1945 rekrutierte die *Wehrmacht* den hinteren Teil des Gebäudes wegen der strategischen Lage zum Fluss hin, so dass der Unterricht nur noch provisorisch in Turnhallen, Kirchen und Gemeindehäusern stattfinden konnte. Bis Ostern kam der Schulbetrieb gänzlich zum Erliegen, er ruhte bis zum Ende der Kampfhandlungen und der Kapitulation. Erst Mitte Oktober ging es provisorisch weiter. In das Schulgebäude war inzwischen eine zivile Verwaltung der amerikanischen Armee eingezogen, die sich um die Reorganisation des Gemeinwesens kümmerte.

Oskar Maria Weißlinger war nicht mehr dabei. Er war im Sommer 1945 vom Dienst suspendiert worden und ein Entnazifizierungsverfahren stand ihm bevor. Obwohl er vor 1933 nicht Parteigenosse war, trat Weißlinger nach der Machtübernahme durch Hitler sofort dem *NS-Lehrerbund* bei und war

Mitglied im pädagogischen Beirat im Gau Baden. Außerdem war er seit 1938 Aktivist der *Deutschen Christen* gewesen und hatte mehrfach die theologische Vorbestimmung des Deutschen Volkes und seiner neuen Führer mit den Verheißungen der Bibel begründet. Ab Sommer 1947 unterrichtete er wieder an seiner alten Schule, wenn auch nur als einfacher Lehrer.

Harald zeigte mit dem Finger auf zwei verblasste, handschriftliche Notizen:
„Schau, was hier steht: *rehabilitiert?* und *Entnazifizierungsakte Weißlinger beschaffen*. Das wäre wohl der nächste Rechercheschritt gewesen, den Gaus oder sein unbekannter Mitarbeiter hier unternehmen wollten."
Uschi nickte.
„Im historischen Seminar gibt es zur Zeit eine Vorlesung über die Entnazifizierung in der amerikanischen Zone. Ich kenne einige von den Studenten. Ich werde mich einmal umhören, ob wir eine Chance haben, dort an Informationen heranzukommen."
Harald packte seine Sachen wieder zusammen und steckte sie in die Tasche, so als ob der Termin jetzt zu Ende wäre.
„Und ich werde meinen lieben Bruder Eberhard anrufen. Bestimmt kann er über seine Behörden die Unterlagen von Weißlingers Verfahren besorgen."

Ganz in Gedanken versunken, schnell und fast förmlich verabschiedete er Uschi an der Tür, die ihm im Treppenhaus kopfschüttelnd hinterherschaute. So unaufmerksam, ja beinahe gefühllos kannte sie ihn gar nicht. Offensichtlich nahm ihn die Sache mit Gaus ganz schön mit.

16

Harald stürmte mit der Tasche im Arm durch die Eingangstüre und riss die Bürotüre auf. Beinahe wäre er mit Babette Hettinger zusammengestoßen, wenn diese nicht im letzten Moment zurückgewichen wäre. Gedankenverloren murmelte er einen Gruß und ließ die Kollegin im Gang stehen. Kaum am Schreibtisch angelangt kam ihm die Erleuchtung. Schnell lief er wieder in das vordere Büro zurück, hastete durch die Türen ins Freie und rief Babette, die sich dort gerade in Bewegung setzte, hinterher:

„Kennst du eigentlich einen gewissen Dr. Oskar Maria Weißlinger, einen pensionierten Lehrer?"

Babette, immer noch indigniert über das unhöfliche Benehmen Haralds, antwortete so einsilbig wie möglich:

„Ich kenne ihn nicht selbst. Aber er hat bis vor ein paar Jahren hier in der Gemeinde gewohnt und ist dann aufs Land gezogen, warum?" –

„Weißt du, wohin er gezogen ist?"

Etwas genervt über die Art und Weise, wie sie hier ins Verhör gezogen wurde, erwiderte sie: „Nein, aber das kann ich herausbekommen, wenn du es unbedingt möchtest."

„Ja, bitte, du würdest mir damit einen großen Gefallen tun. Und wenn du etwas mehr über ihn herausfinden könntest, was er so für ein Mensch war zum Beispiel, das wäre prima."

Endlich hatte Harald wieder ein wenig zu seiner alten Verbindlichkeit zurückgefunden.

Babette runzelte die Stirn.

„Hat es etwas mit dem Mord an Gaus zu tun?"

„Das kann ich noch nicht sagen, aber wir gehen im Moment jeder noch so kleinen Spur nach."

Die Bedeutsamkeit dieser im besten polizeideutsch gehaltenen Aussage schien Babette einzuleuchten. Sie nickte ernst mit dem Kopf und versprach, sich darum zu kümmern.

Harald ging nun endlich an die Orgel. Seit Tagen hatte er keinen Ton mehr gespielt, so sehr hatten ihn die Untersuchungen der Fälle Gaus und Langer mit Beschlag belegt. Irgendwie musste er sich abreagieren, überschüssige Kräfte in Klangmasse verwandeln. Als er den Mantel ausgezogen und die zierlichen Orgelschuhe angelegt hatte, stürzte er sich ohne zu zögern in die düsteren Akkorde der *Ersten Sonate in b-Moll* von Philipp Wolfrum. Der Reger-Freund Wolfrum hatte seine Musik eher wie ein Brahms-Nachfolger geschrieben, aber die Klarheit des Wiener Sinfonikers erreichte er nicht, seine Musik war verwaschen und weniger greifbar. Das kam Harald gerade recht. Mit vollgriffigem Spiel drängten sich nervöse Achtelgruppen ineinander, stürmten voran und bremsten sich gegenseitig wieder aus. Die Musik schlug ein dunkles Pathos an. Besonders eindringlich und geradezu ermahnend seufzten die auf- und abwärtssteigenden Halbtonschritte. Durch die ständigen Wiederholungen insistierten sie wie die Worte eines alttestamentarischen Propheten. Was zwischendurch schon einmal angeklungen war, im Finale kam es unüberhörbar in choralhaftem Pathos als Schlussapotheose: *Wenn mein Stündlein vorhanden ist.* Dieses Zitat aus einem reformatorischen Todeschoral schrie es förmlich heraus: Die Unmöglichkeit den Tod zu begreifen. Ob Gaus noch die Zeit hatte, an die Verse zu denken: „den Geist an meinem letzten End / befehl ich, Herr, in deine Händ;"? Wir werden es nicht erfahren.

Von der Orgelempore aus wanderte sein Blick über die Fresken, die wie Medaillons über den Kapitellen der Säulenimitationen eingepasst waren. Er blieb an dem Bild gegenüber hängen: Der zürnende Jesus vertreibt die Händler aus dem Tempel. Mit großer Geste stand Jesus im weißen Gewand in der Mitte der sich wegduckenden Wucherer. Eine Hand war zur Faust geballt, die andere zeigte lang ausgestreckt zum Ausgang. Eine ungewohnt machtvolle Gebärde des sonst so friedvoll dargestellten Mannes aus Nazareth. Schnell klaubten die Kleinkrämer ihre Habe zusammen, um noch mitzunehmen, was mitzunehmen war. So dürfte sich wohl Oskar Maria Weißlinger gefühlt haben, als er nach dem Zusammenbruch des Faschismus' plötzlich als geistiger Wucherer dastand. Eilig dürfte er versucht haben alle Spuren zu verwischen, um Belastendes aus dem Weg zu räumen. Das Textbuch des Oratoriums, die Partitur, die Chorstimmen, all das waren Zeugnisse seiner politischen Verblendung, und sie mussten 1945 wohl schnellstens verschwinden. Sie hätten seine wahre Gesinnung dokumentiert. Tatsächlich hatte Harald noch nie etwas von diesem Material gesehen, das ja hier in den Notenschränken liegen müsste. Von dem ganzen Opus war nur noch das eine Textbuch erhalten, welches Gaus hinterlassen hatte. Alles andere hatten die Urheber 1945 offensichtlich vernichtet.

17

Harald saß am Frühstückstisch und nippte von Zeit zu Zeit an seinem lauwarmen Kräutertee. Nach dem Aufstehen pflegte er in die Küche zu gehen und als erste morgendliche Verrichtung eine Kräutermischung aufzubrühen, die er in dem kleinen Krämerladen in der Kopernikusstraße erstand. Dort war die Teemischung billiger als im Reformhaus, aber der Inhalt war der gleiche. Bis er wieder aus dem Bad kam, war der Tee soweit abgekühlt, dass er genau die Temperatur erreicht hatte, die ein englischer Butler für das Rasierwasser seiner Lordschaft treffen musste, um es guten Gewissens offerieren zu können. Bei Harald hingegen wurde der Tee in einer flachgeformten Sammeltasse mit feinen Porzellanwänden und ein wenig kitschigen Blumenmustern serviert. Nur so kam der typische Geschmack zustande, auf den Harald großen Wert legte, nur so entfaltete sich das Aroma der Kräuter wirklich blumig wie der Duft einer Sommerwiese. Wenn er gelegentlich Gäste hatte, lächelten diese zumeist über seine Teezeremonie, aber er ließ sich davon nicht beirren. Seine Großmutter hatte ihn durch ihr Ableben nachhaltig unterstützt, indem sie ihm den ganzen Inhalt ihres Wohnzimmerschrankes hinterlassen hatte: eine spießige Porzellansammlung mit dünnwandigen Teetassen und der typischen Buffet-Uhr, die immer obendrauf stand und deren Läutwerk den *Westminsterschlag* nachahmte. Als Kind war ihm dieser wohlige Klang wie ein Wunder vorgekommen. Er tönte nur aus dem kleinen Gehäuse, aber mit einem Nachklang, der sich wie die Glocken eines Kirchturms im Widerhall der Straßen anhörte. Der Großvater hatte die Uhr dann einmal heruntergeholt und Harald das Räderwerk mit den schlanken Klangstäben gezeigt, die von kleinen Hämmerchen angeschlagen wurden. Alle Viertelstunde bewegten sie sich wie von Geisterhand auf und nieder, weil eine kleine, mit Stiften besetzte Walze sich um sich selbst drehte. Diese Stifte drückten das hintere Ende der Hammerstiele nach unten. Da die Stiele in unmittelbarer Nähe der Walze auf einer Achse lagen, hatten die Hämmerchen lange Wege nach oben. Die darunterliegenden, kleinen Resonatoren sorgten für die eigentliche Verblüffung, eben den Nachhall. Dieses Läutwerk funktionierte im Grunde genau so wie die *Celesta* im *Fernwerk* der Orgel. Harald kam gleich wieder die Leiche von Gaus in den Sinn.

Lustlos blätterte Harald in der Zeitung, ohne die Artikel oder wenigstens die Überschriften richtig zu lesen. In Gedanken war er schon wieder bei Weißlinger und dessen möglicher Verstrickung in den Fall Gaus. Es fiel ihm zunehmend schwer, sich ein Bild von diesem Mann zu machen. Hatte er einen kurzgeschorenen Quadratschädel, skandierte er im Kasernenhofton der Unverbesserlichen. Oder war er ein ganz unauffälliger, grauer Typ, eher der verklemmte Schreibtischtäter, der sich schwitzend wie ein kleines Ferkel über seinen Akten hin und her wälzte und hinter dessen randloser Brille fiese Mäuseaugen stierten?

Erneut zweifelte Harald, ob die ganze Angelegenheit Albert Langer überhaupt mit dem Mord an Gaus in Zusammenhang stand. Manchmal wurde er müde und war kurz davor, die eigenen Nachforschungen einzustellen. Sollten doch die Fachleute weitermachen. Auch bei Uschi hatte er schon Erschöpfungssymptome festgestellt, aber sie kamen bisher immer antizyklisch zu den seinen. Immer wenn er ans Aufgeben dachte, dann war sie voller Energie, und wenn sie mutlos wurde, dann redete er ihr die Sache wieder heiß. Eigentlich waren sie auf diese Weise ein gutes Gespann. Harald gab sich einen Ruck und beschloss, so schnell nicht aufzugeben, denn das würde hauptsächlich seinem Bruder ins Kalkül passen. Ein Blick auf die Uhr, er hatte noch Zeit bis zu seinem Treffen mit Uschi, aber es drängte ihn aus dem Haus und etwas Bewegung würde ihm gut tun. Mit seinen Stiefeln stapfte er durch den braunen Matsch, der vom letzten Schneefall noch auf der Straße lag. Die weiße Pracht blieb in der Stadt nie lange ansehnlich, es war einfach zu warm.

Auf dem Ring brauste der Autoverkehr über die Straße. Die größeren Fahrzeuge schienen kein schöneres Vergnügen zu kennen, als die Pfützen am Straßenrand in dreckbraune Fontänen zu verwandeln. Passanten versuchten aufschreiend den ekelhaften Wasserwänden auszuweichen und schimpften lauthals über die rücksichtslosen Automobilisten. Harald sprang bei rot über die Straße und bog in die Innenstadt. In den Einkaufsstraßen wurde es ruhiger. Kunden waren nur hier und da zu sehen, die Ladenbesitzer weitgehend mit Inventurarbeiten beschäftigt. Vor dem Fenster eines Antiquars blieb er stehen und studierte die feilgebotenen Ausgaben von Nietzsches Werken.

Ein bebilderter Lyrikband war aufgeschlagen und er las:

O Mensch! Gib acht!
Was spricht die tiefe Mitternacht?

Den Versen war eine marmorne Skulptur mit wehendem Umhang gegenübergestellt. Ihre Augen waren geschlossen, ihr Mund und überhaupt ihr Gesicht waren völlig entspannt. Die Steindame schien zu warten:

Ich schlief, ich schlief –
Aus tiefem Traum bin ich erwacht:

Aber erwachen konnte die marmorne Schönheit ja nicht, dazu war das Material zu kalt.

Die Welt ist tief,
Und tiefer als der Tag gedacht.

Teile der Figur waren von den zierlichen Ranken einer Ackerwinde überwuchert. Das winterliche Foto zeigte sie blattlos, *vergänglich* und *ewig*, dachte Harald, diese Gegensätze drückte das Kunstwerk gleichzeitig aus.

Tief ist ihr Weh –,
Lust tiefer noch als Herzeleid:
Weh spricht: Vergeh!

Das Gesicht zeigte einen jungen Mann, aber die Hüften erinnerten an eine Frau. Es war ein römisches Grabmal. Die dargestellte Figur war schön, aber von kühler Schönheit und ohne jedes Anzeichen von Leiden oder Schmerz:

Doch alle Lust will Ewigkeit –
– will tiefe, tiefe Ewigkeit!

Leider öffnete der Laden erst um 11 Uhr, sonst hätte Harald den Band noch schnell erworben, denn die Skulptur war ausgesprochen treffend ausgewählt. Man hörte innerlich die Musik Gustav Mahlers zu diesem Gedicht von Nietzsche. Ja sogar noch intensiver schien sie zu werden durch den Anblick der steinernen Figur. Dieses Lied aus Mahlers 3. Symphonie war ein unsterblich eindrucksvolles Stillleben in Tönen. Mit den geringsten Mitteln erzeugte der Komponist eine Atmosphäre der Spannung, in der man kaum noch zu atmen wagte. Wie ein Wurm winden sich die ersten Töne in den Orchesterbässen, fast eine ganze Minute lang kommt Mahler nur mit zwei Tönen aus, mit A und H. Es folgen einfache, schlichte Akkorde, die nur durch einen gemeinsamen Ton verbunden sind. Danach fahles D-Dur. In den hohen Lagen schweben Geigen und Hörner in Triolen, Quintolen und Septolen über die Singstimme hinweg. Kein Ton kommt mehr zugleich mit den anderen, alles purzelt schwerelos durcheinander bis ein neuer Takt beginnt. Nach den lichten Höhen sinkt die Musik schnell wieder in die Tiefe hinab, aus der sie gekommen schien.

Als er auf die Schloss-Universität zusteuerte, hatte er seinen anfänglichen Zeitvorsprung aufgebraucht. Schnell streifte er die Stiefel auf der Fußmatte unter dem Eingang ab und lief die Treppe zum Hörsaal IV hinauf, immer zwei Stufen auf einmal nehmend. Leise öffnete er die Tür und zwängte sich, den Mantel über den rechten Arm hängend, in die letzte Bank am oberen Ende des Hörsaals. Uschi saß schon dort und zischte: „Wo bleibst du denn? Das wird nicht gerne gesehen, wenn Gasthörer zu spät kommen."
Harald atmete durch und zuckte mit den Achseln. Nachdem er sich die Krawatte zurechtgerückt hatte, sah er sich um. Zu seiner Studienzeit war es noch üblich gewesen, mit Anzug und Krawatte in der Vorlesung zu erscheinen. Inzwischen waren die Krawattenträger in der Minderheit und dabei war es noch gar nicht so lange her, dass er selbst hier in den Bänken der *Alma Mater* gesessen hatte.

Ein Privatdozent der historischen Fakultät hielt die Vorlesung. Auch er erschien mit offenem Hemd, schlecht rasiert und fettigen Haaren. Sein schlecht sitzendes Sakko hing zu weit herunter. Von Zeit zu Zeit steckte er die rechte Hand in die Tasche und blickte dabei nach oben in die gut gefüllten Reihen seiner Zuhörer. Das Thema galt als heikel. Eine Vorlesung darüber wurde vom Establishment dieser akademischen Anstalt nicht gerne gesehen. Ob man auf diese Weise den brotlosen Stand eines Privatdozenten schnell hinter sich lassen und mit einer fett gepolsterten Lehrpfarre vertauschen könnte, da war Harald mal gespannt.

Das Thema lautete: „Die Entnazifizierung in der amerikanischen Zone am Beispiel des akademischen Lehrkörpers". Jedermann wusste, dass solche Untersuchungen den Autor schnell in Schwierigkeiten bringen konnten, weil immer noch zu viele Betroffene in Amt und Würden saßen. Harald hatte schon von der Parole der studentischen Opposition gehört. Man sprach vom *Muff aus tausend Jahren, unter den Talaren* oder umgekehrt. Seit er sich mit der Weißlinger-Sache befasste, ahnte er, was da vor sich hin stank.

„Mein Bruder hat die Akte!", flüsterte er Uschi zu.
„Welche Akte?" zischte sie zurück. Ihr ungnädiger Blick ließ unmissverständlich erkennen, dass sie eigentlich hier war, um zuzuhören.
„Die Akte von Weißlinger. Er ist rehabilitiert worden, aber warum ist nicht ganz klar."
Uschi blickte ihn an, drehte sich dann aber wieder dem Vortragenden zu.
„Und der Text zum *Großen Pflüger* wurde damals nicht gefunden."
Die Studentin in der Reihe vor ihnen drehte sich herum, legte einen Zeigefinger vor die geschlossenen Lippen und wies mit dem anderen auf den Redner hin. Eine klare Botschaft. Uschi flüsterte:
„Später."

Privatdozent Dr. phil., habil. Rolf-Nikolaus Krüger beendete seine einleitenden Thesen zur Frage, warum gerade heute die Aufarbeitung der Nachwehen des Nationalsozialismus so wichtig wäre und leitete in medias res über. Harald spitzte die Ohren, denn er würde ja bald Originaldokumente aus einem Entnazifizierungsverfahren zu Gesicht bekommen. „Die Entnazifizierung stellte für die amerikanische Militärregierung einen Grundpfeiler ihrer Besatzungspolitik dar. Ich zitiere aus der amerikanischen Besatzungsdirektive JCS 1067:

‚Alle Mitglieder der Nazipartei, die nicht nur nominell in der Partei tätig waren, alle, die den Nazismus oder Militarismus aktiv unterstützt haben, und alle anderen Personen, die den alliierten Zielen feindlich gegenüberstehen, sollen entfernt und ausgeschlossen werden aus öffentlichen Ämtern und aus wichtigen Stellungen in halböffentlichen und privaten Unternehmungen.‘“

In den ersten Wochen nach der Kapitulation waren vor allem Behördenleiter, Landräte und Bürgermeister von den Entlassungen betroffen, wobei die amerikanischen Behörden aber nach freiem Ermessen vorgingen, was naturgemäß zu Fehlentscheidungen und mehrfachem, schnell aufeinanderfolgendem Personalwechsel führte. Ende Juni 45 begann mit scharfen Zugriff die erste große Entlassungswelle. Bis Anfang August waren 80.000 Personen inhaftiert und 70.000 entlassen. Entlassungen wurden besonders empfohlen bei der militärischen und wirtschaftlichen Elite des *Dritten Reichs*. Alle Berufsoffiziere der *Wehrmacht* und der *Reichswehr*, Mitglieder der NSDAP, SA, Freiwillige der Waffen-SS und der allgemeinen SS, Unterführer der HJ und des BDM waren im Visier der Entnazifizierer. Auch eine Mitgliedschaft im *Stahlhelm, Kyffhäuserbund, Deutsche Christen* oder *Deutsche Glaubensbewegung* war verdächtig.

Als verhängnisvoll erwies sich der Umfang der Entlassungen. Sie riefen Proteste in allen politischen Lagern hervor, denn es drohte der Zusammenbruch der deutschen Verwaltung. Als vorbildlich aus amerikanischer Sicht galten die Säuberungen in Frankfurt mit 4426 Entlassungen und in unserer Stadt sogar mit über 5000 Entlassungen in den ersten Wochen. Das Militärgesetz vom 26. September 1945 dehnte die Entnazifizierung auf alle Bereiche der Wirtschaft aus. Die Aushöhlung von Wirtschaft und Verwaltung legte nahezu alle Bereich lahm.

Als Beispiel möge ein prominenter Unternehmer dienen. Der Industrielle schrieb im September 1945 eine Denkschrift an Konrad Adenauer, den die Amerikaner als Oberbürgermeister Kölns wiedereingesetzt hatten, bevor er von der späteren britischen Verwaltung wieder abgesetzt wurde: „Hunderttausende von Menschen, die in der Wirtschaft tätig sind, wissen nicht, ob sie ihre Position behalten oder verlieren werden. Die Sorge um ihr persönliches Schicksal hindert sie daran, fruchtbringende Arbeit zu leisten. Dies ist einer der Gründe für die weit verbreitete Passivität und Arbeitsunlust."

Beim Stichwort Arbeitsunlust schaute sich Harald im Hörsaal um, wie es denn hier damit bestellt wäre. Er war erstaunt. Die meisten Anwesenden schauten aufmerksam nach vorne oder machten sich fleißig Notizen. Nein, arbeitsscheu schien diese locker gekleidete Generation nicht zu sein. Unten in der ersten Reihe saßen auch einige grauhaarige Gestalten, vermutlich die Professoren des Hauses. Leider konnte Harald ihre Gesichter nicht sehen.

Der Oberbürgermeister schrieb an die amerikanische Militärregierung am 12. Mai 1945:
„In der Frage der Entlassung von Beamten, Angestellten und Arbeitern der Stadt darf ich bitten, mich und den Referenten nochmals zu einer prinzipiellen Erörterung einzubestellen. Die geforderte sofortige Entfernung von Mitarbeitern legt zahlreiche technische Ämter komplett lahm, darunter das Wasserwerk, das Gaswerk, das Krankenhaus und das Maschinenamt. Ich muss Sie bitten, sich auch zu überlegen, dass nicht die formale Auslegung des Fragebogens nach Mitgliedschaften in NS-Organisationen zum gewünschten Ziele führt, sondern die Prüfung des Menschen, wer gesinnungsmäßig ein Nazi war oder nicht. Das ist aus dem Fragebogen nicht zu ersehen."

Der Schematismus der Amerikaner und die unterschiedslose Überdehnung der Bestimmungen auf alle irgendwie Belasteten wirkte sich verheerend auf die Kooperationsbereitschaft konservativer wie linker NS-Gegner aus. Trotz ausgebombter Städte und Millionen von Flüchtlingen erregte kaum ein Thema mehr die Öffentlichkeit. Die Akzeptanz der Entnazifizierung schwand, weil die Militärregierung erhebliche psychologische und politische Fehler machte. Die entscheidende Frage, wer trotz mancher Mitgliedschaften nur Mitläufer und wer NS-Aktivist auch ohne Parteibuch war, konnten letztendlich nur Deutsche selbst beurteilen. Der württembergische Ministerpräsident Reinhold Maier am 6. März 1946: „Wir Deutsche wissen, wo unsere Nazis sitzen, wir kennen unsere Pappenheimer in Stadt und Land. Deshalb trauen wir uns die individuelle Denazifikation auch zu."

Harald rutsche unruhig auf seinem Klappstuhl hin und her. Die lange Bank quietschte, so dass sich Uschi zu ihm umdrehte.
„Müssen wir das wirklich alles anhören?"
Uschi zuckte mit den Achseln.
„Wenn wir wissenschaftlich vorgehen wollen, dann ja. Nur wenn wir den historischen Hintergrund verstehen, können wir Weißlingers Verhalten bewerten. Es ist ohnehin schwer genug, sich da hineinzuversetzen."
Der Referent hatte sich in sein Skript vertieft und ratterte seine Zahlen herunter. Nur noch gelegentlich schaute er sein Auditorium an. Der engagierte Tonfall und die rhetorische Eindringlichkeit des Anfangs war einer Vorleseroutine gewichen. Aber im Hörsaal war es totenstill. Alle lauschten gebannt.

„Bis Ende November 1945 hatte die *Special Branch* 783045 Fragebögen ausgewertet, bis Ende März 1946 waren es 1,26 Millionen. 1947 distanzierten sich die politischen Parteien von der Entnazifizierung, im Wahlkampf 1949 tauchten sogar Plakate auf: *Schlussstrich drunter! Wählt FDP!*. Die deutschen Spruchkammern legten die Bestimmungen ab 1947 immer großzügiger aus, immer mehr von der Special Branch zur Entlassung bestimmte wurden als Mitläufer eingestuft, es ging die Rede vom *Recht auf politischen Irrtum* um. Amnestien und Verfahrenseinstellungen nahmen zu, so dass nur etwa 10% der Belasteten mit Berufsverboten belegt wurden.

Katastrophal waren die Zustände in den Internierungslagern für NS-Verbrecher und Belastete. Im Lager Darmstadt lebten zeitweise 28.000 Internierte in Zelten und von 1700 Kalorien täglich. Krankheiten und Unterernährung führten zu überdurchschnittlich vielen Todesfällen. Nur Wenige hatten Arbeit in der Lagerselbstverwaltung, die meisten wurden apathisch oder zynisch. Sie forderten Gerechtigkeit, denn ein Schuldbewusstsein hatten sie nicht. Sie hatten aus Idealismus gehandelt, ihrem Land gedient.

Harald hatte genug gehört. So interessant der Vortrag auch war, er nahm seinen Mantel, nickte Uschi zu und ging vor die Tür. Aus dem Automaten in der Vorhalle ließ er sich einen Kaffee heraus, den Inhalt des Bechers konnte man bestenfalls als belebendes Heißgetränk bezeichnen. Zehn Minuten später strömten die Zuhörer aus Hörsaal IV die Treppe hinunter und Uschi war eine der letzten, die mit Dr. Krüger lebhaft diskutierend vorbei kam. Harald wartet, bis die beiden sich trennten und ging auf Uschi zu, die sich suchend umwandte.

„Na, wie war der Schluss des Vortrags?"
Uschi setzte sich Richtung Ausgang in Bewegung: „Ganz interessant. Wäre vielleicht dumm gewesen, wenn ich nicht drin geblieben wäre, dann wüssten wir Einiges nicht."
Harald hechtete ihr hinterher.
„Ja sag, was hat er noch erzählt?"

Uschi öffnete die Flügeltür und trat ins Dämmergrau des Wintertags.
„Er hat zum Beispiel erläutert, warum ein Lehrer wie unser Weißlinger überhaupt so schnell ins Visier der Nazijäger kommen konnte."
Uschi ging zielstrebig immer weiter, als ob sie einen dringenden Termin hätte. Harald wusste schon, dass sie über sein vorzeitiges Verlassen der Vorlesung pikiert war und deshalb auf seine Fragen kurz angebunden reagierte. Wie sollte er ihre Gunst wieder zurückgewinnen?

„Jetzt bleib doch mal stehen. Also gut, ich zieh dir jetzt jeden Wurm einzeln aus der Nase, leg mich in den Staub und streue Asche auf mein Haupt, bist du dann zufrieden?"
Uschi grinste. Sie hängte ihren Arm bei ihm ein und ging im Schlendergang weiter.
„Die Nationalsozialisten haben der Erziehung eine zentrale Bedeutung zugemessen. Hitler forderte in *Mein Kampf* vor allem das Heranzüchten kerngesunder Körper und erst in zweiter Linie die Ausbildung geistiger Fähigkeiten. Beides zusammen müsse auf die Erziehung zu einem alles überragenden *Rassebewusstsein* ausgerichtet sein. Dieses müsse geradezu in Herz und Hirn der Jugend *eingebrannt* werden und weiter solchen Schwachsinn. Da spielten die Schulen natürlich eine zentrale Rolle. Deshalb gehörten sie zu den ersten Einrichtungen, in denen die amerikanische Militärregierung ihre Säuberungen vornahmen, denn auch sie wussten, dass die politische Prägung der Jugend große Bedeutung hatte. Nach den Entlassungen im Sommer 1945 blieben etwa 25 Prozent des Lehrkörpers übrig, so dass ein geregelter Unterricht nicht möglich war. Hier sollten schnelle Entnazifizierungsverfahren Abhilfe schaffen, um wenigstens den Teil der Lehrer, die als minder schwer belastet gelten konnten, wieder zurückzuholen."

„Also ist unser Weißlinger ein minder schwerer Fall?"
„Das kann man so nicht sagen. Ich habe Dr. Krüger eben beim Verlassen des Hörsaals gefragt. Er sagte, dass sich gerade in den späteren Jahren alte Seilschaften bewährten und Belastete zum Teil ungeschoren in ihre alten Positionen kamen."
„Also bleibt uns nichts anderes übrig, als die Akte Weißlinger zu Ende zu lesen und den guten Mann aufzuspüren. Babette hat mir heute morgen gesagt, dass er in einem kleinen Städtchen in den Weinbergen wohnt und dort als netter, alter Herr bekannt sei."
„Babette Hettinger, was hat denn die damit zu tun?" Uschi drehte sich zu Harald und schaute ihm forschend in die Augen. „Hast Du die etwa in unsere Recherchen eingespannt?"
„Immerhin arbeitet sie bei uns und ist vom Mord an Gaus fast genauso betroffen, wie ich."
Harald schaute etwas verlegen auf den Boden.
„Außerdem wirkt sie nach außen ganz harmlos und kann deshalb ganz unauffällig das ein oder andere herausfinden."
„Aha, und wie viele nach außen ganz harmlose wirkende Frauen arbeiten noch für dich an diesem Fall?"
„Uschi, es geht um Mord, und da würde ich notfalls ein ganzes Harem für mich arbeiten lassen, wenn es der Aufklärung dienen würde."
Harald hatte seine alte Sicherheit wiedergefunden.
„Außerdem hat sie etwas ganz interessantes in Erfahrung gebracht: Weißlinger war im letzten Silvesterkonzert!"

18

Uschi und Harald stiegen aus der Straßenbahn und schlängelten sich durch die Pfützen zum Polizeipräsidium, in dem Eberhard Schopflenger für die Dauer der Ermittlungen ein Büro bezogen hatte. Als sie eintraten erhoben sich zwei Herren. Eberhard stellte seinen Kollegen Weber vor, der ein Spezialist beim Aufspüren von Naziverbrechern sei und den Stellen in Nürnberg und Ludwigsburg schon häufig zugearbeitet habe. Zu viert nahmen sie an einem kleinen runden Tisch mit Holzbeinen Platz, der den hinteren Teil des Büros weitgehend ausfüllte. Weber übernahm nach einer entsprechenden Geste von Kommissar Schopflenger die Gesprächsführung.

„Hier haben wir die Akte von Weißlinger, die im Staatsarchiv unter Verschluss liegt und die wir nur durch unsere Beziehungen ausleihen konnten. Ob Erkenntnisse daraus strafrechtlich relevant sein können, ist unter Juristen sehr umstritten. Schauen wir einfach mal hinein."
Weber blätterte in dem Hängeordner.
„Auf diesem Personalbogen mussten neben den üblichen Angaben insbesondere alle Mitgliedschaften in nationalsozialistischen oder ihnen nahestehenden Organisationen angegeben werden."
Weber blätterte weiter.

„Die Schulberichte, welche die oberen Behörden jedes Jahr anforderten, geben recht gut Auskunft über Veränderungen im Schulalltag der Kurfürsten-Schule. 1931 schrieb der alte Direktor, es sei ein Qualitätsmerkmal, dass es im Lehrkörper keinerlei Wechsel gegeben habe und man sich deshalb des seltenen Zustands einer pädagogischen Stabilität erfreue. Im Sommer 1933 müssen aufgrund einer Verordnung des Staatsministeriums insgesamt sieben Lehrer über 58 Jahre in den Zwangsruhestand, um arbeitslosen Junglehrern Platz zu machen. Am gravierendsten aber waren die Machenschaften gegen die Schulleiter, den jüdischen Prof. L. und seinen Stellvertreter, Dr. H., dem man eine sozialdemokratische Gesinnung nachsagte. Prof. L. wurde im Rahmen des *Gesetzes zur Wiederherstellung des Berufsbeamtentums* vom 7. April 1933 wie alle *Nichtarier* sofort entlassen. Seine Spur verliert sich 1938 in Palästina. Dr. H. wurde Ende 1933 die kommissarische Leitung entzogen, nachdem man ihn mit anonymen Briefen, die ihm ein Verhältnis zu einer Lehrerin unterstellten, diskreditierte hatte - eine damals gängige Methode, um unliebsame Personen loszuwerden. Er wurde als Schreibkraft ins Amt für Viehwirtschaft versetzt. Um seinen guten Willen zu demonstrieren, trat er der *NS-Volkswohlfahrt* bei. Dennoch wurde er 1944 interniert und zeitweise in ein nahegelegenes KZ gesperrt. Nach der Befreiung war er ein gebrochener Mann, trotz Rehabilitation und ehrenvoller Pensionierung."

Uschi wandte sich an Kommissar Weber.
„Hatten denn Lehrer damals überhaupt eine Wahl? Bedeutete denn mangelnde Begeisterung für den Nationalsozialismus nicht automatisch eine berufliche Benachteiligung oder gar eine Entlassung aus dem Schuldienst?"
„Das kann man so nicht sagen. Ich selbst war ab 1938 Schüler im Gymnasium. Es gab viele Lehrer, die sich einfach unauffällig, aber spürbar um deutliche Bekenntnisse gedrückt haben. Weißlinger dagegen hat als erste Amtshandlung nach seiner Übernahme der Direktion das allmorgendliche Absingen des *Horst-Wessel-Liedes* angeordnet. In einem Rundschreiben an alle Lehrer schreibt er hier: „Beim gemeinsamen Gesang ist es die Pflicht aller Anwesenden, sich eines geziemenden, der Würde des Augenblicks entsprechenden Verhaltens zu befleißigen. Alle Anwesenden erheben sich unverzüglich von ihren Plätzen bis zum Schluss der ersten Strophe. Unterhaltungen und dergleichen haben unter allen Umständen zu

unterbleiben, ebenso sind laute Gespräche unmittelbar nach Beendigung des Liedes tunlichst zu vermeiden."

„Und wie sah dann die Verweigerung einer sichtbaren Begeisterung aus?"

„Später wurde Weißlinger vorgeworfen, dass er eine Religionslehrerin, Fräulein S., drangsaliert habe, weil sie das *Horst-Wessel-Lied* mit ihrer Klasse nur einmal unvollständig durchgesungen habe, so dass die Schülerinnen und Schüler in der Aula nicht mitsingen konnten. Aber vor allem Weißlingers schöpferischer Drang wurde ihm bei der Entnazifizierung zum Verhängnis, denn jede Kunst sucht bekanntlich nach Ewigkeit, und so ließ er seine völkischen Reime auf den Programmrückseiten der Schulfeiern abdrucken. Hier ist ein solches Programm. Die Schulfeier begann mit dem Absingen des *Horst-Wessel-Liedes* und endete mit der Nationalhymne. Der Direktor hielt eine Ansprache zu einem aktuellem Thema: *Die Saar bleibt deutsch.* Schulklassen führten Volkstänze vor oder demonstrierten mit Turnübungen ihre Wehrhaftigkeit. Dazwischen sagten einzelne Schüler Gedichte von zeitgenössischen Minderdichtern auf. Weißlingers Poeme zeichneten sich durch besondere Geschmacklosigkeit bei der Wahl der Bilder aus. Immer aufs neue wurden der Führer, die Fahne, der Sieg, die Unsterblichkeit und andere hohle Phrasen in Verse gezwängt. Schauen sie hier:

„Die Fahne flattert wehend uns voran,
sie zeigt uns an die deutsche Bahn,
mit wachem Willen bis zum Sieg,
durch Kampf, durch Streit und Krieg!
Führer, zeig den Weg, wir folgen dir,
und halten dir das Schutzpanier!"

„Peinlich, das hat ein promovierter Germanist zu Papier gebracht?"

Uschi schüttelte den Kopf.
Weber nickte.
„Das ist kein Einzelfall, das hat es öfter gegeben. Selbst angesehene Künstler vergallopierten sich und lieferten neben politischem Dreck auch noch handwerklichen Schund ab. Eine besondere Bedeutung im Entnazifizierungsverfahren sollte seinem Libretto *Der große Pflüger* zukommen. Zu diesem Stück sagten zwar einige Zeugen aus, aber das Textbuch war unauffindbar. Das ganze Aufführungsmaterial war verschwunden und Weißlinger mimte den Vergesslichen. Vergeblich wurde nach Albert Langer, dem Komponisten des Oratoriums, gesucht, der mit belastenden Aussagen gegen Weißlinger in der Öffentlichkeit aufgetreten sein soll, so jedenfalls einige der Zeugen. Aber Langer blieb verschollen."

Weber nahm einen Schluck aus dem Wasserglas gegen die trockene Luft in dem zu stark geheizten Raum.
„Für Weißlinger war die Erlangung des *Persilscheins* unglaublich wichtig, denn nur so konnte er in den Schuldienst und ins bürgerliche Leben zurück. Also dürfte er alles unternommen haben, um belastendes Material verschwinden zu lassen."

Harald hatte die ganze Zeit nur zugehört, aber jetzt wurde er wach. „Warum ist Weißlinger nicht als *innerer Emigrant* aufgetreten? Oder er hätte den Bekehrten spielen und vom sogenannten Recht auf politischen Irrtum Gebrauch machen können?"
„Schwer zu sagen, warum dieses, warum jenes. Man hat gleich nach dem Krieg unbelastete Personen aus allen Berufsfeldern um Einschätzungen gebeten. Hier der Monatsbericht eines Lehrers Künzle an die Militärregierung vom 21. November 1947. Er schreibt:

„Ich nehme Anteil am Los jener charakterschwachen Kollegen, die 1933 schnell den Weg in die Partei suchten, weil sie glaubten, auf diese Weise eine garantierte Absicherung ihrer persönlichen Existenz aufzubauen. Manche tragen heute schwer daran. Aber war ein Partei-Eintritt überhaupt nötig? Zeigen nicht andere Fälle, dass auch Parteilose im Schuldienst bleiben konnten - wenn auch ohne Aufstiegsmöglichkeiten. Ich selbst habe noch 1942 den Eintritt abgelehnt und mir geschah dennoch nichts. Von den Lehrern, die Pg. waren, wurden wir belächelt. Heute spricht ein gewisser Neid aus diesen Leuten, sie haben das Verständnis für Ursache und Wirkung verloren. In völliger Verkennung von Schuld und Sühne bemitleiden sie sich selbst, sind gegen den neuen Staat verbittert und vertreten noch heute jene zentrale Auffassung von Recht und Unrecht des Hitler-Deutschlands: Was mir nützt ist Recht. Das gibt die Befindlichkeit dieser Leute wieder."

Eberhard Schopflenger übernahm die Akte und setzte die Bestandsaufnahme fort.
„Ob aber Weißlinger dazuzurechnen ist, wird schwer herauszufinden sein."
„Mitten in das Verfahren fiel Anfang 1946 der Mordverdacht wegen des verschwundenen Langer. Das Verfahren wurde ausgesetzt und zog sich dadurch bis 1947 hin. Im Denazifizierungsurteil vom Mai 1947 bleibt Weißlinger zunächst im Wartestand. Im August wird die Rückstufung zum Hauptlehrer erreicht, was dem vorhergehenden Urteil eigentlich widerspricht und vermuten lässt, dass es eine Einflussnahme von interessierter Seite gab. Alte Seilschaften wie Burschenschaften, Jugendfreundschaften oder familiäre Verflechtungen spielten damals eine große Rolle und ließen sich, je mehr Zeit verging, desto besser nutzen. Ab dem Schuljahr 47/48 konnte er wieder unterrichten, wobei Gehalt und Pension um 15 Prozent gekürzt wurden. Ende der Geschichte."

Harald schaute seinen allzeit skeptischen Bruder an, der inzwischen wieder einen Bleistift seinen Kaureflexen unterzog. „Und wie beurteilst du die Sache. Ist Weißlinger in deinen Augen nun verdächtig?“
Eberhard ließ sich Zeit mit seiner Antwort.
„Es ist wieder eine schwache Spur, wie bei diesem kleinen Kranken. Aber man kann es natürlich nicht völlig ausschließen. Weißlinger hatte Motiv und Gelegenheit im Fall Langer. Seine Unschuld konnte nicht zweifelsfrei festgestellt werden. Und er hätte, sieht man die von Gaus angelegte Mappe an, auch Grund gehabt, sich vor Gaus zu fürchten.“
„Und er war im letzten Konzert von Gaus, wenige Stunden, bevor dieser ermordet wurde.“

19

Jede Fahrt mit dem alten VW-Käfer war aufs Neue ein Abenteuer. Uschi hatte das Gefährt von ihrer Kusine ausgeliehen und zusammen mit Harald kämpfte sie gegen die Widrigkeiten des Winterwetters an. Da die Lüftung nicht funktionierte, blieb die Windschutzscheibe kalt. Jeder Atemhauch der Insassen wehte Feuchtigkeit auf die Glasscheibe und fror in schönen Eisblumen fest, die, von der Wintersonne angestrahlt, ein liebliches Farbenspiel inszenierten. Die optischen Reize konnten nicht darüber hinwegtäuschen, dass die Sicht gravierend beeinträchtigt wurde, und so versuchten beide durch flache Nachuntenatmung aus der vorgeschobenen Oberlippe das Übel mit Hilfe einer speziellen Atemtechnik abzumildern. Harald saß auf dem Beifahrersitz mit Lappen und Frostschutzmittel in der Hand, wischte alle halbe Minute über Uschis Fensterhälfte und erkämpfte ihr den Durchblick auf die Straßenmitte. Obwohl nach Auskunft der Besitzerin auch die Batterie ihre besten Zeiten hinter sich hatte, tönte das Autoradio in satter Lautstärke; auf diesen Luxus wollten sie keinesfalls verzichten. Solange die Lichtmaschine funktioniere, meinte Harald, dürfte nichts passieren, schlimmstenfalls müsse man das Auto für die Rückfahrt anschieben oder eine Starthilfe organisieren. Aus dem Lautsprecher schepperte ein Orgelkonzert von Georg Friedrich Händel. Irgendwie klang das Thema nach dem Halleluja aus dem Messias, aber Harald fand sowieso, dass bei Händel das Meiste nach einem schon bekannten, anderen Werk von Händel klang. Immerhin kopierte er nur sich selbst.

Im Sommer wäre nur eine halbe Stunde für die Strecke notwendig gewesen, aber heute kamen sie erst nach anderthalb Stunden in dem kleinen Städtchen an, das inmitten von Weinbergen und Weinfeldern lag und mit seiner mittelalterlichen Stadtmauer und den hübschen Fachwerkhäusern ein beliebtes Ausflugsziel war. Jetzt lag es wie ausgestorben da. Harald und Uschi, nachdem sie den Käfer am Straßenrand abgestellt hatten, rafften ihre Mäntel zusammen und suchten in den schlummernden Straßen nach Weißlingers Haus in der Kirchgasse 24.

Sie hatten lange darüber diskutiert, ob sie den alten Herrn unangemeldet aufsuchen sollten, sozusagen als Überraschungsangriff, oder ob sie einen Vorwand erfinden würden, um den Besuch zu begründen, um überhaupt von ihm empfangen zu werden. Aber wie sollte das gehen? Babette Hettinger hatte ihnen ohne lang zu überlegen aus der Patsche geholfen, was Harald wieder einen Skeptikerblick von Uschi eintrug.
„Sagt doch einfach, dass ihr für den Gemeindeboten die Rubrik *Erinnert - Erlebt* betreut. Weißlinger war früher Kirchenältester der Gemeinde und es wäre ganz plausibel, ihn einmal zu interviewen."

Das war die rettende Idee und der freundliche Pensionär fiel auch sofort darauf herein. Am Telefon bot er Harald arglos den Nachmittag eines beliebigen Tags der kommenden Woche an. Harald hatte sich so gut es ging mit Fragen ausgerüstet, die das Gespräch langsam, aber sicher an die heiklen Punkte führen sollten. Aber solche Pläne gehen selten eins zu eins auf. Entsprechend nervös war er, als er die Klingel betätigte und sich die Haustür öffnete.

Diesmal stand wirklich ein Prototyp aus Spitzwegs Miniaturen vor ihnen. Der nette, alte Herr hätte gut und gerne einen der *Jugendfreunde* abgegeben. Leicht nach vorn gebeugt, mit liebenswürdiger Stimme kam er in einer Hausjoppe und breiten Cordhosen auf sie zu. Sein schütteres, weißes Haar war beinahe gänzlich nach hinten gewichen und ein Ballonschädel dominierte die Erscheinung. Hinter einer Hornbrille steckten wache, geradezu jugendlich wirkende Augen. Das

Kinn war glatt rasiert und überhaupt gab er ein gepflegtes Bild ab.

Im Wohnzimmer verteilte man sich um den niedrigen Tisch auf Sessel und Couch und der Gastgeber bot einen trockenen Riesling an, den die Gäste gerne kosten wollten. Überhaupt ging alles ganz kultiviert und angenehm von statten, so dass sich Haralds Nervosität abermals steigerte. Vom Riesling kam man auf Sophokles und dessen Dramen, Harald hatte eigens noch eine Übersetzung des Hausherrn gelesen, um mit entsprechenden Komplimenten eine verbindliche Atmosphäre schaffen zu können. Dr. Weißlinger selbst fand seine Übersetzungen von damals nicht mehr so bemerkenswert, im Grunde überholt, nahm aber die bemühten Höflichkeiten des jungen Mannes freundlich an.

„Herr Dr. Weißlinger, wir würden für den Gemeindeboten gerne etwas über die Situation der Kirche während des Krieges erfahren. An was erinnern Sie sich denn spontan?"
„Am Anfang des Krieges haben wir hier gar nicht so viel davon gespürt, denn alles war ja in großem Stil vorbereitet worden, und dass viele Männer als Soldaten ins Feld mussten, das kannten wir von 1914. Erst als es die großen Rückschläge gab, als die Bombardements der Alliierten die Stadt erreichten, da wurde die Lage schwierig und auch lebensbedrohlich."
„Kam da nicht das Gefühl auf, es müsse etwas Grundlegendes geschehen?"
„Junger Mann, das ging doch alles ganz langsam und über Jahre. Der Mensch ist ein Gewohnheitstier und wir hatten ein paar Jahre Zeit, uns an die zunehmenden Verschlechterungen zu gewöhnen."
„Wurde denn die Gemeinde nicht immer wieder von den Nationalsozialisten auch bedrängt?"
„Im Rahmen des Üblichen würde ich sagen. Manchmal wa-

ren den Nazis die Christen ja auch recht, wenn sie mithalfen für Ruhe und Ordnung zu sorgen. Und die Behörden vor Ort, da saßen ja Leute, wissen Sie, da kannte man sich ja im Grunde persönlich, wenigstens mehr oder weniger."
„Das hört sich gerade so an, also ob die Gemeinde von Anhängern der Deutschen Christen dominiert gewesen wäre."
Das war Haralds erster Pfeil, ein Versuchsballon, aber er zeigte Wirkung.
„Deutsche Christen oder Bekennende Kirche, wissen Sie, das ist später etwas hochgespielt worden. Es gab da keine klaren Fronten oder Zugehörigkeiten in einer Gemeinde."
Weißlinger fing erstmals an, auf seinem Sessel hin und her zu rutschen.
„Ganz besonders interessiert uns auch die Kirchenmusik zu ihrer Zeit."
„Ja, die Kirchenmusik war natürlich glänzend geführt. Der hochtalentierte Albert Langer war ein grandioser Organist. Schade, dass damals Tonbänder noch nicht so verbreitet waren wie heute, dann könnte man sein Spiel, das Maßstäbe setzte, heute den jungen Leuten vorführen, die unentwegt meinen, vor ihnen hätte noch niemand etwas von Orgelinterpretation verstanden. Unvergessen sind mir auch die ersten Aufführungen der Bachschen Passionen, obwohl Langer ein despotischer Chorleiter war, wie man es sich heute nicht mehr vorstellen kann. Wenn der Chor nicht zu seiner Zufriedenheit sang, dann hat er schon mal einen Gölz oder einen Klavierauszug in die Reihen geworfen."

Jetzt mischte sich Uschi in die Unterhaltung ein, um nicht ganz unbeteiligt herumzusitzen.
„Merkwürdig ist doch, dass er 1945 spurlos verschwand. Hat man eigentlich nie herausgefunden, was mit ihm passiert ist?"
Auch das hatte seine Wirkung, obwohl Weißlinger sich nichts anmerken lassen wollte.

„Darüber weiß ich nichts. So selten ist das in den Kriegs- und Nachkriegswirren nicht gewesen. Bei Langer war es vielleicht auffälliger, weil er gewissermaßen im Rampenlicht stand."
Harald setzte zum Angriff an.
„In einer Bachchor-Chronik habe ich von der Aufführung eines Oratoriums *Der große Pflüger* gelesen. Können Sie sich an das Stück erinnern?"
Weißlingers Stimme wurde angespannter.
„Das weiß ich nicht mehr, ehrlich gesagt, ich kann mich nicht genau erinnern, ob ich in dieser Aufführung überhaupt drin war."
Harald blickte zu Uschi hinüber, ihr Blick signalisierte ihm, dass jetzt der Angriff kommen müsse. Nur nicht wieder zurückrudern oder gar klein beigeben.
„Ich habe aber in einer Zeitungsnotiz gelesen, dass sie den Text verfasst hätten, da müssten sie sich doch ein klein wenig daran erinnern."
Weißlinger hatte Schweißperlen auf der Stirn und lief dunkelrot an.
„Junger Mann, Sie denken wohl, Sie seien oberschlau, was wollen Sie eigentlich von mir? Sie können das alles gar nicht beurteilen, denn Sie waren damals noch nicht einmal auf der Welt."
Harald genoss es, dass der erste Sprengsatz gleich solche Wirkung zeigte. Seine Nervosität war verflogen und er erwiderte seelenruhig:
„Ich habe eigentlich nur nach dem *großen Pflüger* gefragt, von dem sich in den Chorschränken der großen Kirche nicht ein einziges Blatt erhalten hat. Das ist doch ungewöhnlich, wenn man bedenkt, dass das Werk bei uns uraufgeführt wurde."

Weißlinger blickte finster drein. Harald fixierte ihn.
„Herr Weißlinger, wir haben die Akten Ihres Entnazifizierungsverfahrens gelesen und wissen über ihre Rolle in der

Nazizeit Bescheid. Man hat Sie damals verdächtigt, den verschollenen Langer umgebracht zu haben. Das ist doch ein nicht ganz unbedeutender Verdacht."
Weißlinger war zusammengesunken, wie ein nasser Sack.
„Ich wurde freigesprochen."
„Das wissen wir. Aber jetzt wurde tatsächlich jemand ermordet, nämlich unser Kantor Hanns-Dieter Gaus, das ist Ihnen doch sicher nicht entgangen?"
Weißlinger nickte.
„Und in diesem Zusammenhang haben wir festgestellt, dass Gaus gegen Sie ermittelt hat. Er hat feinsäuberlich alle Fakten über den *großen Pflüger* und andere Ihrer Machenschaften zwischen 1933 und 1945 in einer Akte festgehalten. Wussten Sie das?"
Weißlinger nickte.
„Herr Weißlinger, Sie waren in der letzten Silvesternacht im Orgelkonzert von Gaus, Sie kennen sich in der großen Kirche bestens aus, Sie haben ein Motiv, Gaus aus dem Weg zu räumen, denn seine Recherchen hätten Sie belastet, nicht nur wegen Ihrer üblen Rolle als Direktor und Nazidichter, sondern auch wegen Ihrer Verstrickung in den Fall Langer. Ist Ihnen das klar?"
Weißlinger starrte an die gegenüberliegende Wand. Die Schweißperlen, die er zwischendurch abgetupft hatte, standen ihm wieder auf der Stirn.
„Herr Weißlinger, meine Erkenntnisse sind der Polizei bereits bekannt. Wenn Sie der Mörder von Langer waren, dann sind Sie auch der Mörder von Gaus. Was haben Sie dazu zu sagen?"

Weißlinger atmete tief durch und einen Moment lang glaubten die Besucher, er würde vornüberkippen und sich der weltlichen Gerichtsbarkeit durch einen plötzlichen Herztod entziehen. Statt dessen stand er wortlos auf und ging durch die Tür in den Nachbarraum. Harald und Uschi schauten sich verwundert an, keiner wusste, was jetzt passieren würde.

Weißlinger kam mit einem alten Schulheft zurück. Wortlos schlug er es auf und legte einen eingeklebten Zeitungsausschnitt vor Harald und Uschi auf den Tisch.
„Sehen Sie hier. Mir wurde vorgehalten, dass ich vor dem 30. August 1945 Motiv und Gelegenheit gehabt hätte, Langer zu töten. Dieser Zeitungsausschnitt stammt aus der *Allgemeinen Musikzeitung* vom Oktober 1951 und das Bild ist eine Aufnahme vom *47. Kongress österreichischer Tonkünstler* in Klagenfurt. Es wurde, wie hier zu lesen ist, am 1. September aufgenommen und sehen Sie bitte genau hin, wer hier hinter dem Präsident der Genossenschaft österreichischer Tonkünstler, Prof. Kurtzweil, steht. Können Sie ihn erkennen?"
Harald nahm das Zeitungsbild nah vors Gesicht.
„Tatsächlich, Albert Langer."
„Sehen Sie, das ist der Beweis, dass ich Langer nicht umgebracht haben kann. Ich habe die Zeitschrift erst Jahre nach meinem Verfahren zufällig in die Hände bekommen, aber den Artikel wohlweislich aufgehoben für eben den Fall, der jetzt eingetreten ist."
Weißlinger hatte sich offensichtlich beruhigt und sprach ganz sachlich und offen.
„Das ist allerdings überraschend für uns", Harald kam ins stottern, „entschuldigen Sie bitte, wenn ich so voreilig Beschuldigungen ausgesprochen habe."

Weißlinger stand auf und legte das Heft mit dem Zeitungsausschnitt auf eine Kommode. Er lief im Zimmer auf und ab, bevor er sich wieder setzte und den beiden jungen Leuten in die Augen schaute.
„Sie brauchen sich nicht zu entschuldigen. Sie haben ja recht. Ich war ein Nazi und ich war in zahlreiche Vorgänge verstrickt. Natürlich habe ich persönlich niemanden umgebracht. Aber wir alle, die wir dieses System gestützt haben, sind mitschuldig geworden an dem, was passiert ist. Sie können mir glauben, dass ich meine geistige Mittäterschaft bitter

bereut habe und noch heute bereue. Und sie lässt mich nie mehr ganz los. Immer muss ich damit rechnen, dass irgendjemand etwas ausgräbt und mir vorhält."

„Aber in den Akten hat man den Eindruck, Sie seien einer der Unverbesserlichen. Wie sind Sie zu Ihrer Kehrtwende gekommen?"

„Einige Jahre nach dem Krieg tauchte ein ehemaliger Schüler bei mir auf. Er war Jude und als er mich aufsuchte, habe ich ihn nicht gleich erkannt, so entstellt war er vor lauter Narben. Er hat mich in die Ruinen eines benachbarten Konzentrationslagers geführt und mir von den Gräueltaten berichtet, die er mitansehen musste. Er war ein unfreiwilliger Helfershelfer der Nazis. Sie hatten ihn und andere kräftige Männer gezwungen, die schlimmsten, unmenschlichsten Verrichtungen an ihren Leidensgenossen selbst vorzunehmen. Ich habe damals geweint, wie ein kleines Kind. Da ist mir erst klar geworden, was wir alles angerichtet haben."

Auf der Rückfahrt im Auto sprachen Harald und Uschi kein einziges Wort.

20

Der Schulgottesdienst stand unter dem Leitwort *Bitte Ruhe!*. Die Religionslehrer hatten sich beim Direktor der Schule beschwert, dass von Jahr zu Jahr immer weniger Schüler in den frühmorgendlichen Halbjahresschlussgottesdienst kämen, den sie doch mit ihren Religionsklassen so liebevoll vorbereiteten. Daraufhin erschienen die übrigen Kollegen sozusagen als Rache mit ihren kompletten Klassen. Die Kirche war überfüllt mit lärmenden Pennälern, deren Geschnatter und Gewusel unbeherrschbar schien. Als Harald erstmals in die Tasten griff, hörte man die Orgel überhaupt nicht. Er zog nach und nach alle Register und versuchte es weiter mit kurzfristig hörbarem, aber nicht lange anhaltendem Erfolg. Nichts gegen lebhafte Kinder, aber in Form einer Schulklasse organisiert waren sie einfach unerträglich. Da hatte der liebe Gott etwas falsch gemacht, als er die Schulklassen erschuf und ihnen das gemeinsame Verlassen der Schulhöfe gestattete. Harald dachte mit Schaudern an Museumsbesuche, die ihm durch die ungezogenen Horden gelangweilter Jugendlicher regelrecht vermiest wurden. Nie würde er seinen einzigen Besuch in der *Sixtinischen Kapelle* in Rom vergessen. Ignorante Schulklassen aus aller Welt füllten den Raum bis in die letzte Ecke. Ein Durchkommen war schier unmöglich, ein Blick nach oben wäre zu riskant gewesen. Das Fresko Michelangelos an der Decke der Kapelle, ein unsterbliches Meisterwerk, verloren für immer, wenn nicht eines Tages eine Epidemie die Schulklassen von ihren Klassenfahrten abhalten würde.

Der Pfarrer redete wie so oft an den Kindern vorbei, aber wenigstens in angemessener Kürze. Zum x-ten mal hörte Harald mit halbem Ohr die simplen Allgemeinplätze über das Gleichnis von den Talenten, Matthäus 25, Verse 14 bis 30. Sie passten glänzend zum protestantischen Arbeitsethos: „Wer hat, dem wird gegeben, wer hat, dem wird gegeben ...", Vers 29, so hallte es in Haralds Ohr nach. Ja, das wollte der Geistliche den Kindern ins Stammhirn brennen: Der böse, faule Knecht, der nichts aus seinen Talenten gemacht hat, wird vom Gutsherrn bestraft und steht vor dem Nichts! Das ist echtes protestantisches Fegefeuer: Auf den Müßiggang folgt der wirtschaftliche Ruin! Hier kann endlich auch ein Evangelischmann mit imposanter Drohgebärde daherkommen, statt immer nur von der geschenkten Gnade zu säuseln. Was der Pope den Kindern wieder verschweigt: Den unnützen Knecht lässt der Evangelist Matthäus in die Finsternis hinauswerfen, im Vers 30 heißt es: „da wird sein ein Heulen und Zähneklappern". Und so endet auch das Gleichnis. Ja, das ist nun wieder zu viel des Bösen, nein, einen wirklichen Schrecken will man den Kindern auch nicht einjagen. Schließlich sind Höllengemälde mit Fratzen und Gruselgesichtern die Domäne der ungeliebten Vettern aus Rom.

Harald nahm sich vor, einen lange ausgeheckten Plan endlich umzusetzen. Er wollte den Oberstufen-Schülern einen Tipp geben, ihnen soufflieren, sie mögen ihren Lehrern möglichst arglos vorschlagen, demnächst Matthäus 6, Vers 26 zum Thema des Schulgottesdienstes zu machen. „Seht die Vögel unter dem Himmel, sie säen nicht, sie ernten nicht, sie sammeln nicht in die Scheunen; und euer himmlischer Vater ernährt sie doch. Seid ihr denn nicht viel mehr als sie?" Das ist im Grunde die neutestamentliche *Anekdote zur Senkung der Arbeitsmoral*. Da wird doch die Faulheit geistlich legitimiert, Alleluja! Wozu dann noch Hausaufgaben machen? Ein wenig Anarchismus könnte der Entwicklung dieser Pennäler zu freien Geistern nicht schaden.

Der Diakon hatte Harald gebeten, zum Ausgang *etwas Flottes* zu spielen, am besten etwas Jazziges. Harald mochte diese neumodischen Orgelstückchen nicht, die jetzt bei Organisten und Gemeinde immer beliebter wurden. *Intrade in Jazz* hieß das Stück eines jungen Komponisten, für das er sich mit einigem Widerwillen entschieden hatte. Zu Beginn wurde eine Big Band imitiert und im Zwischenspiel ein Zupfbass aufs Orgelpedal gelegt. In der linken Hand wummerten die *Pfefferminzakkorde*: Moll mit kleiner Septime, Dur mit großer Septime. Die rechte Hand blieb für improvisierende Soli frei, die jetzt in wilden Sprüngen über die Klaviatur tanzten. Nun ja, wenn er so etwas nicht zu oft spielen müsste, dann würde er irgendwann damit leben können. Babette hatte sich während des Nachspiels auf die Empore geschlichen und wippte den letzten Chorus mit. Harald nervte dieses Getue und wenn die Gemeinde eines Tages anfangen würde, im Takt mitzuklatschen, dann würde er seine Demission einreichen.

Kaum war der letzte Ton verklungen, warf Babette eine der Sammelmappen von Gaus auf den Spieltisch und redete aufgeregt und ohne Punkt und Komma los. Wenn sie Luft holte, versuchte Harald etwas einzuwerfen, aber er kam erst zum Zuge, als die Geschichte sich ihrem Ende zuneigte. Müde drehte ihr Harald sein Gesicht zu:
„Kennst du Kannemann?"
„Ja, sicher kenne ich ihn, er wohnt ja hier im Stadtteil und läuft eigentlich jeden Tag über den Kirchplatz zur Arbeit."
„Dann sag mir mal ehrlich, wie dieser verdruckste Mensch einen Mord begangen haben soll, der ist doch völlig verklemmt."
„Pah, da bist du aber ein naseweiser Kriminalist." Babette schnaubte verächtlich. „Gerade die Verklemmten, die Verbockten sind unberechenbar. Sie können ganz plötzlich ausrasten, wenn sie provoziert oder bedroht werden. Um das zu wissen, reicht ja schon ein wenig Menschenkenntnis aus, da braucht es kein Psychologiestudium."
„Ich habe die Sache mit Horst Kannemann schon mit mei-

nem Bruder durchgekaut. Der hat gleich abgewunken. Er will sich nicht noch einmal mit einer dieser kuriosen Spuren von Gaus beschäftigen."
„Kurios ist gut. Immerhin hat Albert Langer die Verlobte von Kannemann geschwängert!"
„Womöglich auf der Orgelbank, während er ihr die Fingersätze in die Noten geschrieben hat?"
„Harald, benimm dich!"
„Es soll doch der alte Winkler gewesen sein, der ihn inflagranti erwischt hat."
„Der alte Winkler, der Vater von unserem Küster Winkler?"
„Ja, genau der, der hat ihn ans Messer geliefert."

Harald sortierte seine Noten auf dem Pult.
„Läuft diese Hedwig Müller eigentlich auch noch herum?"
„Das ist Horst Kannemanns Frau! Sie hat damals das Kind zur Adoption freigegeben, aber später hat Kannemann sie doch geheiratet. Sie spielt immer mittwochs die Gottesdienste im Altersheim auf dem alten Flügel."
„Da komme ich leider noch nicht so oft hin."
„Hähä, ich finde das gar nicht komisch. Bisher habt weder ihr noch die Polizei etwas Greifbares über den Mord an Gaus herausgefunden."

Harald klappte die Noten zu und rutschte von der Orgelbank.
„Das hat alles keinen Zweck. Solange Eberhard uns nicht unterstützt, kommen wir nicht an die Informationen heran, die wir brauchen."
Babette lief hinter Harald die Treppe hinunter und bombardierte ihn weiter mit Einzelheiten. Aber Harald steckte der Frust spürbar in den Gliedern. Allein die peinliche Situation mit dem freundlichen alten Herrn, den er erst in Bedrängnis und dann beinahe zum Heulen gebracht hatte, war ihm so unangenehm, dass er nicht mehr weitermachen wollte. An den geisteskranken Birg mochte er schon gar nicht denken.

„Liebe Babette, ich weiß, dass Horst Kannemann ein Verdächtiger im Fall Langer war."
„Er wurde anonym angezeigt, das stinkt doch zum Himmel!"
„Anonym oder nicht, was Gaus da alles an Material zusammengetragen hat, das ist wahrlich beachtlich, aber wir wissen einfach nicht, wozu er das alles sammelte. Welchen Sinn haben diese Unterlagen? Nur wenn wir das wissen, können wir etwas damit anfangen."
„Aber Kannemann war auch im Silvesterkonzert, wie Weißlinger und Birg!".
„So?"
Harald blickte sich erstmals zu ihr um und zuckte mit den Augenbrauen.
„Woher weißt du das schon wieder?"
„Ich habe die Leute von der Kasse gefragt."
„Naja, aber das beweist ja wieder nichts. Bei den anderen beiden war das auch kein verlässlicher Anhaltspunkt. Womöglich müssen wir den Mörder eher unter dem Rest der Menschheit suchen, unter denen, die nicht in diesem Konzert waren."

Harald schloss die Türe zum Treppenhaus und ging durch das Kirchenschiff, Babette immer hinter ihm her. Er hob die Hand zum Gruß in Richtung Kirchendiener und verließ das Gotteshaus durch den Haupteingang, in dem sich noch ein paar Schüler herumdrückten, die es zum Unterrichtsbeginn nicht so eilig hatten. Vor der Kirche blieb er auf der obersten Treppenstufe stehen und blickte nach Feldherrenart über den Vorplatz. Babette wollte sich direkt vor ihm aufbauen, um ihm weiter die Meinung zu sagen. Da dies aber nur zwei Stufen tiefer möglich war, kamen zum natürlichen Größenunterschied noch fast ein halber Meter dazu, so dass die Wirkung dahin war. Sie reicht ihm gerade bis zum Bauchnabel und musste alles Weitere nach oben rufen.

„Kannemanns Unschuld wurde nie bewiesen!“
Harald antwortete, ohne den Kurfürstenblick abzuwenden.
„Ich weiß.“
Babette steigerte ihre Stimme:
„Er wurde nur aus Mangel an Beweisen nicht weiter verhört.“
„Ich weiß.“
„Langer hätte Anfang September 1945 wieder im Konservatorium unterrichten sollen.“
Harald seufzte.
„Ich weiß.“
„Und Kannemann erschien nicht zum Semesterbeginn an der Technischen Hochschule.“
„Ich weiß das alles, Babette, aber es beweist nichts. Damals nicht und heute schon gar nicht. Kannemann ist ein harmloser Mitbürger, Ingenieur für Elektrotechnik bei den Stotzwerken und in keiner Weise auffällig. Wie, bitte schön, willst du herausfinden, was er in der fraglichen Zeit, in der Gaus ermordet wurde, gemacht hat? Sollen wir hingehen und einfach fragen: Haben Sie Herrn Gaus erstochen und wenn ja, warum?“
Babette verzog die Mundwinkel zu einem Schmerzgesicht. Harald konnte wirklich arrogant und blöd zugleich sein. Sie wollte sich gerade abwenden, als ihr ein letzter Gedanke kam.
„Und was sagt denn unsere schöne Uschi dazu? Legt sie jetzt auch die Hände in den Schoß?“
„Uschi hat Semesterende und Prüfungen. Was hat das überhaupt mit ihr zu tun?“
„Bitte, in ihr sah man schon die neue Miss Marple.“
„Dieser Vergleich ist geschmacklos.“
„Entschuldige.“
Harald nahm Babette den Hefter aus der Hand.
„Kann ich den wieder einordnen?“
Babette erwiderte unsicher:
„Ich hab’ mir alles raus geschrieben, was ich wissen muss.“

Harald machte große Augen.
„Du willst doch nicht etwa selbst ...“
„Doch, genau das werde ich,“ sprach’s, drehte sich auf dem Absatz und ging in Richtung Büro. Harald blieb sprachlos stehen und blickte ihr nach.

21

In der nächsten Woche ging Harald der Hettinger weitgehend aus dem Weg, sie wechselten nur das Nötigste miteinander. Auch Uschi sah er nur in der Chorprobe und beim Nachhock in der *Goldenen Gans*. Die Gespräche drehten sich in den letzten Wochen immer um den Mord an Hanns-Dieter Gaus. Gute Stimmung wie sonst nach den Proben kam in Anbetracht des furchtbaren Ereignisses zunächst nicht auf. Aber, je weiter die Tat zurücklag, desto mehr rückte der unaufgeklärte Tod ihres Kantors in den Hintergrund. Die Chorproben hatte im Januar zunächst Harald übernommen. Seit Februar kam übergangsweise ein Kantor aus der Nachbarstadt als Vertretung. Da auch er letztlich nur ein Interim darstellte, nahm niemand die Proben ernst. Es wurde viel geredet und nicht intensiv geprobt, wie man es bei Gaus gewohnt war. Es fehlte an einem musikalischen Ziel. Harald hatte dafür plädiert, dass der Vertretungschorleiter ein für den Chor in Anspruch und Länge überschaubares Werk proben und auch aufführen sollte, etwa die *Schöpfung* von Haydn oder Mozarts *Krönungsmesse*. Aber der Chorrat hatte sich anders entschieden: Der *Elias* von Mendelssohn Bartholdy wurde ausgewählt, ein Werk mit insgesamt einundzwanzig Chornummern, darunter große und virtuose Sätze. Der neu zu engagierende Kirchenmusiker würde dieses Werk dann im November oder Dezember zu seinem Einstand dirigieren. Dieses Verfahren wurde auch von den meisten Choristen gutgeheißen, aber es trat genau das ein, was Harald befürchtet hatte: Der Probenschlendrian feierte fröhliche Urständ.

Heute waren über zwanzig Chorsänger ins Gasthaus mitgegangen, aber ab elf Uhr leerte sich der Tisch nach und nach. Die meisten mussten am nächsten Morgen zur Arbeit. In kleiner Runde kam das Thema Gaus wieder zur Sprache und die Lebhaftigkeit der Gespräche wich schnell einer schweigsamen Atmosphäre. Der Chorobmann war derjenige, der das Thema anschnitt. Dass es keine heiße Spur gab und die Polizei, wie es offiziell hieß, vor einem Rätsel stand, wollte er nicht glauben. Er bedrängte Harald mit Fragen, weil er wusste, dass dessen Bruder bei der Kripo die Sonderkommission leitete. Außerdem ahnte er etwas von Haralds eigenen Ermittlungsversuchen, mit Hilfe der verbliebenen Akten auf eine Spur zu kommen. Harald hingegen hielt sich bedeckt, wehrte die Fragen alle ab und spielte den Ahnungslosen, was sein sonst gutes Verhältnis zu Klaus Fuchs aber allmählich belastete.

„Lasst uns wieder über etwas anderes sprechen, dieses Thema verdirbt uns nur den Rest des Abends."
Klaus Fuchs trank den ersten Schluck vom letzten Achtele, das ihm die Kellnerin gerade serviert hatte. Er trank den Wein immer nur in Achtele-Gläsern. Das sehe einerseits bescheidener aus, erläuterte er immer wieder auch unaufgefordert und sehr gerne, und andererseits, seine Frau verliere schneller den Überblick über die tatsächliche Menge, die er zu sich nahm. Nebenbei sei auf diese Weise der Weißwein immer kühl, während er im Viertelliterglas länger stehe und gerne zu warm werde.
„Demnächst kommt die Ausschreibung der Kantorenstelle in die Fachzeitschriften. Da können wir gespannt sein, wer sich alles bei uns bewerben wird."
Mit tiefem Alt raunte Ute Hall über ihr rotes Schorle hinweg:

„Wahrscheinlich gar niemand. Wenn sich herum spricht, wie gefährlich dieser Job ist, dann bleiben sie alle weg."
Die Umsitzenden blickten sie fragend an.
„Einer der Vorgänger von Gaus soll doch auch auf mysteriöse Weise verschwunden sein."
Harald drehte den Henkel seines Bierkrugs schnell zwischen den Fingern hin und her wie die Fähnchen in einem Uhrwerk.
„Das kann ich mir nicht vorstellen. Das wird keinen Einfluss auf die Bewerberlage haben. Und Aberglaube ist unter kirchlichen Mitarbeitern nicht verbreitet. Zudem ist der erste Fall zu lange her, das weiß heute niemand mehr."
„Und außerdem: Aberglauben bringt Unglück!", witzelte Hermann Silbernagel tenoral hinterher.

Als sich auch die nächste Gruppe verabschiedete hatte, zeigte die Uhr auf halb zwölf. Uschi und Harald waren die Letzten in der Gaststube, aber das Gespräch kam nicht mehr so recht in Gang. Einerseits hatten sie auf ihren detektivischen Reisen viel Gelegenheit gehabt sich auszutauschen. Andererseits wagte keiner den ersten Schritt zu persönlicheren Themen und nur unverbindliches Blabla, dafür kannten sie sich wiederum zu gut. Also nippten sie von Zeit zu Zeit an den noch halb vollen Gläsern und beobachteten die Wirtin, die hinter dem Ausschank Gläser spülte und abtrocknete. Ganz sorgfältig hielt sie jedes Glas gegen das Licht und stellte nur die solchermaßen auf Sauberkeit geprüften ins Regal an der Rückwand.

„Weißt du, was die Polizei zur Zeit unternimmt?"
Uschi spielte beiläufig mit dem Bierdeckel.
„Nein, ich habe meinen Bruder nicht mehr gesprochen, seit wir ihm vom Besuch bei Weißlinger berichtet haben."
„Und was wäre denn als nächstes in der Akte von Gaus zu finden? Oder kommt gar kein Material mehr? Du hast doch

damals gesagt, er habe über vier oder fünf Personen solche Dossiers angelegt."

Harald hatte Uschi nichts von den Absichten Babettes erzählt. Einmal glaubte er selbst nicht so richtig daran, zum anderen befürchtete er weitere spitze Bemerkungen der einen Dame über die andere und da er mutmaßte, dass es sich dabei um Nebenkriegsschauplätze für Eifersüchteleien um seine Person handeln dürfte, war es ihm doppelt unangenehm.

Uschi blickte ihm ins Gesicht:

„Was ist, schläfst du schon?"

Harald hatte zu lange gegrübelt. Er sah Babette im Geiste vor sich, wie sie in den letzten Tagen geheimnisvoll emsig im Büro diese Unterlagen studierte, Telefonate führte, morgens meist einige Minuten zu spät mit Ringen unter den Augen erschien und bei jeder Gelegenheit gähnte.

„Nein, ich dachte gerade nach, wie er hieß. - Kannemann, Horst Kannemann, das ist der Nächste in den Ordnern von Gaus. Ein harmloser Ingenieur hier aus der Oststadt."

„Und was hatte der Langer mit dem zu tun?"

Harald winkte beschwichtigend ab.

„Ach, irgendeine Frauengeschichte, nichts von Bedeutung."

„Was für eine Frauengeschichte?"

„Albert Langer hat wohl was mit der Verlobten von diesem Kannemann gehabt."

„Wie kam er denn dazu?"

„Sie war seine Orgelschülerin."

„Und wie hat der Kannemann das gemerkt?"

„Sie wurde halt schwanger."

„Wie bitte, und das soll nichts von Bedeutung sein?"

Uschi wurde hellwach.

„Hör mal: Nichts interessiert die Menschheit mehr als die Frage, wer mit wem und so weiter. Ganze Kriege wurden aus Liebe oder Eifersucht geführt. Frag doch mal deinen Bruder. Gewaltverbrechen werden hauptsächlich aus drei Gründen

begangen: Geldgier, Ehrverletzungen und Liebe-Eifersucht. Hier haben wir sogar zwei dieser Gründe im Spiel, und da unternehmen wir nichts?"
Harald wurde unbehaglich zu mute. Da Babette inzwischen alles an sich gezogen hatte und er nicht mitmachen wollte, konnte er ohne Gesichtsverlust kaum wieder einsteigen. Aber vor allem, wie sollte er dies Uschi erklären, nachdem sein Versuch, die Sache als unwichtig darzustellen, so gründlich in die Hose gegangen war.

22

Babette war zufrieden. Sie hatte fleißig weiter gelesen und viel Nebensächliches über diesen Horst Kannemann gelernt. Aber wer weiß schon, was nebensächlich ist und welches Detail einmal wichtig werden würde. In ihr kam langsam der Verdacht auf, dass Gaus seine Personen nicht zufällig ausgewählt hatte. Es musste einen Zusammenhang zwischen dem geheilten Nazi Oskar Maria Weißlinger, dem Autisten Konstantin Birg und dem unauffälligen Spießer Horst Kannemann geben. Und einen Zusammenhang mit dem Mord an Gaus. Aber da war alles dunkel, nebelig, sie konnte sich keine Verbindung vorstellen. Horst Kannemann führte ein Leben wie aus dem Bilderbuch. Ein angepasster Kleinbürger. Aktiv im Fußballverein *Schwarz-Weiß* sowie im Gesangsverein *Teutonia* und Ehrenvorsitzender des Kegelclubs *Alle Neune*. Die Ehefrau sorgte für ein behagliches Zuhause, die beiden ehelichen Söhne absolvierten mit guten Leistungen das humanistische Gymnasium. Einzig seine Zugehörigkeit zur Freimaurerloge *Walhall* fiel aus dem Rahmen. Babette schloss ihre Notizen und verließ das Pfarrhaus. Gedankenverloren schlenderte sie in die nächste Querstraße und fast wäre ihr entgangen, wie ein Mann in einer Toreinfahrt verschwand, ein Mann, der wie Weißlinger aussah. Ja, es muss Weißlinger

AUSGANG

gewesen sein. Schnell lief sie zu dem sich schließenden Tor und sah noch von hinten, wie Weißlinger, denn er war es zweifellos, in einer Tür verschwand, die ganz offensichtlich in den Keller des Hinterhauses führte. Babette war zu langsam. Das Tor war zu. Sie las die Namen der Klingelschilder. Es war niemand dabei, den sie kannte. Frierend, die Hände in der Jacke verborgen, wartete sie bis etwas passierte. Sie wollte schon aufgeben, da öffnete sich die Tür und während eine Rentnerin das Gebäude verließ, schlüpfte sie schnell hinein: „Ich muss zu Holzmanns", murmelte sie der alten Dame zu. Sie war sich nicht einmal mehr sicher, ob sie den Namen auf den Klingelschildern gelesen hatte.

Die Kellertür gab nach, als sie dagegen drückte und es wurde schnell dunkel, je weiter sie die Treppen hinabstieg. Es roch modrig, ungelüftet und es war feucht. Es raschelte in ihrer Nähe, dann war es wieder still. Langsam tastete sie sich weiter voran, bis sie leise Stimmen hörte. Es war mehr ein Murmeln, verstehen konnte sie noch nichts. Als sie noch näher kam, sah sie verstellt von den Säulen und Balken, die das Haus abstützten, die Umrisse von Weißlinger. Ja, er war es unverkennbar und daneben, kaum zu glauben, Konstantin Birg. Sie hätte ihn fast nicht erkannt, denn er stand aufrecht mit klarem Gesichtsausdruck und scharfem Blick. Die schlaffe Haltung, in der er seinen Oberkörper sonst nach vorne baumeln ließ, die rastlos suchenden Augen, der verwirrte Eindruck war wie weggeblasen. Neben ihnen im Dunkeln war ein dritter Mann, er sprach gerade recht undeutlich, man konnte ihn kaum erkennen: „War uns auf der Fährte", glaubte sie gerade verstanden zu haben, da traf sie ein harter Schlag auf den Kopf und es wurde schwarz vor ihren Augen.

Harald blätterte lustlos in den Noten herum. Die Orgelstücke gefielen ihm nicht. Es war ihm auch zu mühsam, eine passende Registrierung einzustellen. Entweder spielte er auf zwei belanglosen Registern oder er drückte den Tuttiknopf. Da man diesen Lärm aber nicht lange aushält, vor allem nicht, wenn man vom Blatt spielt, kehrte er schnell wieder zum piano zurück. Die Hälfte aller Stücke in diesem Buch waren von Christian Heinrich Rinck. Dieser wohl erfolgreichste Orgelkomponist seiner Zeit war inzwischen weitgehend vergessen. Der Bach-Enkel-Schüler pflegte einen frühromantischen Stil, den *Oberlehrerstil.* Er war im gleichen Jahr wie Beethoven geboren, aber zwischen den beiden Meistern lagen Welten. Rincks Werke waren formal korrekt gemacht, aber die musikalischen Einfälle waren wenig inspiriert, eher langweilig und zuweilen banal. Einzig einen Ausflug in den Stil der Wiener Klassik hat er großartig bewältigt: Sein *Flöthen-Concert*, in dem er die Idee von Abbé Vogler aufgriff, ein Solokonzert auf der Orgel darzustellen, also das, was ein Solist und ein Orchester spielen würden, gleich alles für einen einzigen Organisten zu konzipieren. Rinck hatte diesen Vogler noch selbst gehört, jenen Universalgelehrten und Erfinder, den Mozart schlicht als einen Scharlatan bezeichnet hatte. Aber immerhin, seine Ideen hatten gute Wirkungen, Rincks Flötenkonzert war wunderbar.

Harald stellte die richtigen Register ein. Das voluminöse Hochdruck-Flötenregister auf dem ersten Manual übernahm den Solopart und klang verblüffend echt, wie ein Flötenvirtuose. Die streichenden Register auf dem zweiten Manual mimten das Geigenorchester. Elegant perlten die Läufe und aufgelösten Akkorde durch den Raum. Eine Leichtigkeit und eine Helligkeit wohnte dem Stück inne, die jeden Zuhörer verzaubern musste. Vielleicht doch einmal ein Programmpunkt für eine Orgelvesper? Jedenfalls war Rinck mit seinen damals weltweit verbreiteten Stücken recht wohlhabend geworden, der Darmstädter Hoforganist ließ sich von den Einnahmen eine stattliche Villa bauen.

Harald schaute nach dem Titelblatt der Anthologie. Die Seiten waren alt, über hundert Jahre hatte man so nicht mehr Noten gestochen, halbe Noten, die wie Hühnereier aussahen, die schwarzen Notenköpfe waren dagegen eher Stecknadeln. *Choräle nebst Vor- und Nachspielen für die evangelisch-protestantische Kirche im Grossherzogthum Baden*. Das Ministerium des Innern Abteilung Kirchenfection hatte im Regierungsblatt vom 28. Mai 1835 dieses Choralbuch genehmigt, denn damals war es eine echte Staatskirche, in welcher der Großherzog höchst selbst der Landesbischof war. Zwölf Paragrafen hatten die Juristen des Ministeriums den Organisten auferlegt und man gewann den Eindruck, dass die Musiker unter den Befehlen ihrer königlichen Hoheit äußerst wachsam beachten mussten, was zu tun oder zu lassen sei. Harald traute seinen Augen kaum: Man hatte die Zahl der Kirchenliedmelodien auf 74 reduziert, weil eine zu große Zahl an Melodien *einem guten Kirchengesang nicht förderlich* sei. Zeilenzwischenspiele, sogenannter Organistenzwirn, wurden verboten. Zum Eingang und Ausgang waren nur die Stücke des vorliegenden Buches zugelassen! Ausnahmsweise konnten ausgezeichnete Organisten andere Stücke zur Prüfung und Genehmigung dem Ministerium vorlegen, damit sichergestellt war, dass alles gemeine, tändelnde, schwülstige und fremdartige die Würde der kirchlichen Feier nicht störe. Kopfschüttelnd verließ Schopflenger die Orgelbank und die Kirche. Schade eigentlich, dass die 1848er-Revolution schief ging. Man hätte dann diese Choralbücher damals gleich wieder einstampfen können.

Babette wachte auf und spürte die Beule am Hinterkopf. Es war noch alles dran, sie war nicht verletzt, nur benommen von dem Schlag. Erst nach und nach fiel ihr wieder ein, wieso sie eigentlich hier war. Der Kellerraum war dunkel, die Zwischenwände aus rohen Dachlatten zusammen genagelt. Die Tür war mit einem Vorhängeschloss verriegelt. Es wäre

eine Frage der Zeit, bis man sie vermissen und auch hier finden würde, aber wie lange würde sie ausharren müssen? Um nicht zu verzweifeln, würde sie einfach Kirchenlieder und Bibeltexte vor sich hinsagen.
Der Herr ist mein Hirte, mir wird nicht mangeln. Er weidet mich aufeiner grünen Aue und führet mich zum frischen Wasser.
Ja, Wasser. Sie hatte Durst. Aber es war nichts zu finden. Weiter:
Und ob ich schon wanderte im finsteren Tal, fürchte ich kein Unglück.
Sie hatte diese Zeilen schon oft gebetet, aber das finstere Tal hatte sie sich anders vorgestellt, eher wie im Märchen. Eine Träne rollte über ihre Wange:
Denn du bist bei mir, dein Stecken und Stab tröten mich.
Jetzt bekam sie auch noch Hunger, denn sie wusste ja, was kommen würde:
Du bereitest vor mir einen Tisch im Angesicht meiner Feinde, aber es waren weder Feinde da, noch ein gedeckter Tisch. Nein, lieber würde sie ein Lied singen, *Der Mond ist aufgegangen* zum Beispiel, das passt doch immer.

23

Im Büro wurde Babette schon vermisst. Sie sei heute morgen aus dem Pfarramt gegangen und nicht mehr wieder gekommen. Harald hatte nur einen Gedanken. Er stieg die Treppe hinauf und öffnete ohne anzuklopfen die Mansarde im Dachgeschoss, die sie als Arbeitszimmer nutzte. Auf dem Schreibtisch lag eine Umlaufmappe, darin waren die Unterlagen über Kannemann. Er sprang die Treppen wieder hinunter, griff zum Telefonhörer und bediente hektisch die Wählscheibe. Uschi war zum Glück zu Hause.

Babette wurde in der Querstraße noch von einer Passantin gesehen, die kurz darauf im Pfarramt ihren Beitrag zum Bibelverein bezahlen wollte, aber ihren Geldbeutel vergessen hatte und die Gelegenheit zu einem kleinen Tratsch keineswegs verstreichen lassen wollte. Harald und Uschi wussten, was zu tun war. Sie gingen hinaus und suchten die Straße ab, als ob sie noch Fußspuren sehen könnten oder Stofffetzen an den Ast gebunden wären, wie bei einer Schnitzeljagd. Nachdem sie mehrmals die Straße abgeschritten waren, in entgegengesetzter Richtung, um sich wieder in der Mitte zu treffen oder nebeneinander, den scharfen Blick nach recht oder links auf alles werfend, was auffällig wäre, waren sie entmutigt. Nichts Ungewöhnliches war zu sehen. Hans lehnte an einer Hauswand, Uschi wollte sich abstützen, aber das Schild, das sie dabei streifte löste sich an einer Seite und hing plötzlich schief. Freimaurerloge *Walhall*.
„Natürlich!“, rief Harald und stieß sich mit der flachen Hand an die Stirn, „warum haben wir das übersehen? Ist nicht Kannemann ein Freimaurer? Und war nicht der Langer auch einer?“
Das Tor stand offen, der Innenhof war weniger interessant, die Tür zum Kellergeschoss zog sofort ihre Blicke auf sich.

Als Uschi prüfen wollte, ob sie verschlossen sei, gab sie auch gleich nach.

Kaum waren sie unten angelangt, zog Harald Uschi unsanft an sich und drückte sie in eine Ecke. Die Hand hielt er ihr vor dem Mund und riss die Augen weit auf. Sie war überrumpelt und es ging zu schnell, ehe sie verstand was los war, warum sie hier Körper an Körper gedrängt standen. Nein, Harald würde niemals auf diese Art einen Annäherungsversuch machen, er war doch bisher immer ein Gentleman. Da hörte sie auch schon Schritte, zwei Männer, wenige Worte tauschten sie aus, unverständlich, von einem sah sie nur einen Schatten. Der andere war, kein Zweifel, Kannemann. Als die Tür oben ins Schloss fiel, warteten sie noch einen Moment, dann knipste Harald die Taschenlampe an. Sie durchsuchten Raum um Raum, schließlich sahen sie Babette auf dem Boden kauernd, sie war eingeschlafen, das Vorhängeschloss des Kellergitters war zum Glück offen.

24

„Es war Kannemann, ganz eindeutig“.
Nur Uschi hatte ihn wirklich gesehen, Harald stand mit dem Rücken zur Treppe.
„Dann war er es, der mir den Schlag auf den Kopf versetzt hat, denn als ich mich anschlich, sah ich nur Weißlinger, der mit einem anderen Mann redete, den konnte man aber nicht sehen.“
„Und wer ist der geheimnisvolle Dritte?
„Nein, Vierte, der geheimnisvolle Vierte, jetzt fällt es mir wieder ein, Konstantin Birg war auch dabei.“
„Konstantin Birg, bist du dir sicher?“
„Ja, und stellt euch vor, ich hätte ihn fast nicht erkannt, er saß nämlich ganz aufrecht, hatte einen klaren Blick und redete zwar wenig, aber völlig normal.“
„Das ist ja nicht zu fassen, da spielt der Kerl sein Leben lang den Irren und tarnt sich nur damit?“
„Die Sache wird immer mysteriöser, je länger man sich damit befasst.“

Die drei sahen sich in die Augen und es war jedem klar, dass sie den Fall nur zu dritt weiter aufklären konnten. Einer allein oder auch zwei würden das nicht schaffen. Eifersüchteleien hatten keinen Platz mehr, immerhin war Babette niedergeschlagen worden und das war eine Warnung, eine Kampfansage. Jetzt weiter zu machen, hieß, sich in Gefahr zu begeben, hieß aber auch die Chancen zur Aufklärung des Mordes an Hanns Dieter Gaus zu erhöhen.

„Zu den Akten!“, rief Harald nach einem Moment der lähmenden Stille. Bewegungslos waren sie da gesessen und in Sekundenschnelle schossen hunderte Gedanken durch ihre Köpfe. „Dort haben wir noch immer die nächste Spur gefunden!“

Umso größer war die Enttäuschung, nachdem sie sich die nächsten beiden Ordner von Gaus' gründlich vorgenommen hatten. Für eine vierte Person fanden sich keine Anhaltspunkte, beide Ordner handelten von den sogenannten *Rattenlinien*.

„Was sind denn das?", fragte Uschi. Harald hatte sich neulich schon etwas eingelesen.

„So nennt man die Fluchtwege, die Nazi- und SS-Eliten am Ende des Krieges und kurz danach genutzt hatten, um nach Südamerika zum kommen. Die meisten landeten in Argentinien."

„Nicht gerade der nächste Weg."

„Dort gab es deutsche Firmen, deutsche Auswanderer aus anderen Zeiten und einen nazifreundlichen Diktator Perón."

„Schau hier, viele flohen über Südtirol oder die Schweiz nach Genua und nahmen dann ein Schiff. Die Papiere stellte das Internationale Rote Kreuz aus. Auch der Vatikan half gerne mit."

„Das ist doch unglaublich, die können doch nicht Verbrecher decken."

„Das Rote Kreuz hatte sich zur Neutralität verpflichtet und half jedem Bedürftigen. Ebenso der Vatikan, der natürlich nur die rechtgläubigen Schäfchen ausschleusen half. Auf diese Weise sind die größten Verbrecher entkommen, Josef Mengele ebenso wie der vor ein paar Jahren vom Mossad nach Israel entführte und hingerichtete Adolf Eichmann."

Uschi kannte das Thema aus der Unimensa, die Historiker warfen sich solche Märchen an den Kopf: „Noch krasser ist es doch, dass man immer wieder von Plänen zu einem *Vierten Reich* hört, das argentinische Altnazis angeblich aufbauen wollen. Manche behaupten ja auch, Hitlers Stellvertreter Martin Bormann wäre noch am Leben. Man habe ihn schon wiederholt in Buenos Aires gesehen. Kein Geringer als er und Rudolf Speer würden hinter den Plänen für eine Auf-

erstehung des Faschismus' in Deutschland bereitstehen und als Führer zurückkommen."
„Und Adolf Hitler verließ das brennende Berlin mit fliegenden Untertassen und ist heute VW-Schichtleiter in Argentinien."
„Harald, das sind doch obskure Verschwörungstheorien."
„Aber solche Fantasiegebilde hat es doch immer gegeben. Und wenn sie nur gut genug propagiert werden, sind sie gefährlich. Vor fast zweitausend Jahren im *Römischen Reich* hat ein gelangweilter Senator in Syrien einen Mann aufgetrieben, der dem verstorbenen Kaiser Nero verblüffend ähnlich sah und sogar eine Armee hinter ihn gebracht, die Richtung Rom marschierte. Alles schon mal da gewesen."
„Das klingt wie aus einem Roman."
„Ja, den gibt es auch, *Der falsche Nero*, sehr empfehlenswert zu lesen, aber der Hintergrund ist historisch verbürgt."

„Zurück zur Tagesordnung. Hier schaut her, Gaus hat überall angefragt, ob sie einem gewissen Albert Langer damals zur Ausreise verholfen hatten. Vom Roten Kreuz eine negative Auskunft, aus dem Vatikan kam keine Antwort."
„Langer war ja auch evangelisch. Den Vatikan hätte er sich sparen können."
Harald klappte die Akte zu und hätte Babette fast die Finger eingeklemmt.
„Das ist alles sehr spannend, es bringt uns aber nichts, solange wir nicht wissen, ob Langer auf diese Weise entkommen ist. Und vom Mörder an Gaus sind wir noch immer meilenweit entfernt. Den einzigen Anhaltspunkt, den wir haben, ist der Keller in dem Logengebäude. Da müssen wir nochmal hin, vielleicht fällt uns etwas auf."
„In den Keller willst du nochmal, sollten wir das nicht lieber der Polizei überlassen?"
„Die Polizei macht da nichts. Sie halten diese Spur für kalt. Wir müssen schon selbst hin."

25

Auf der Orgelempore konnte Harald seine Gedanken nicht recht sammeln. Sie mussten bis zum Einbruch der Dunkelheit warten, vorher war es zu gefährlich in dem Keller weiter nach Anhaltspunkten zu suchen. Warten kann so endlos sein. Er dachte, er könne sich die Zeit vertreiben, indem er neue Orgelstücke durchspielen oder ein paar Fingersätze anbringen würde, aber es ging nicht. Er war zu unkonzentriert. Ziellos kramte er in einem Stapel alter Noten, die im Verschlag unter der Orgel in Kisten lagen. Staubig. Lange hatte sie keiner mehr benutzt. Unter den zerschlissenen Notenblättern aus den typischen Lehrerorganistenbüchern lugte ein repräsentativer, in feines Leder gebundener Band hervor. Auf dem Innentitel prangten hebräische Lettern. Damit hatte er nicht gerechnet. Darunter stand: *Tehilot Le-El Eljon - Synagogen-Gesänge für Kantor und Chor mit Orgelbegleitung für den israelitischen Gottesdienst*. Der Komponist hieß Emanuel Kirschner. Harald hatte davon noch nie gehört. *Erster Kantor an der Synagoge München.* Das Buch war feinsäuberlich gedruckt und im Jahre 1911 bei einem Frankfurter Verlag erschienen. Harald wurde unruhig vor Neugierde, so etwas hatte er noch nie gesehen. Im Grunde unverständlich, warum kennt man so etwas nicht? Aber ja, das musste es ja gegeben haben, vor der Zerstörung jüdischen Lebens, vor 1933. Natürlich hat man in der Reformsynagoge - und die war bei den quasi zu 100% assimilierten deutschen Juden ja die dominierende jüdische *Konfession* - gesungen und die Orgel gespielt. Er schlug die Noten auf. Es schien ganz gewöhnlicher Chor- und Sologesang mit Orgelbegleitung zu sein, aber die Texte der Stücke waren alle in hebräischer Sprache, natürlich in arabischen Buchstaben umgeschrieben, denn die Noten liest man ja von links nach rechts. Hebräisch geht aber von rechts nach links, das würde nicht funktionieren. Er legte den Band auf die Orgel, schlug

Nummer sieben *Adonoj moloch* auf und begann zu spielen. Hochromantisch die kleine Einleitung. Eine feierliche Musik im besten Sinn. Der Einfluss von Felix Mendelssohn Bartholdy war unüberhörbar. Dann sang Harald so gut er konnte: „Adonoj moloch ge-uss lowesch lowesch adonoj os hissassor." Der Text hatte eine phonetische Ähnlichkeit mit dem Kurpfälzischen: *adonoj*, das konnte man täglich hören und bedeutete so viel wie: *auch da hinein*. Die Tonart klang altertümlich. Das meiste erinnerte an Dur, nur der siebte Ton war mit Hilfe eines Vorzeichens einen Halbton tiefer gelegt: *Mixolydisch*, es war *mixolydisch*. Wie oft hatte der Lehrer im Gymnasium vergeblich versucht, den vernagelten Pennälern die Kirchentonarten beizubringen. Mixolydisch war noch diejenige, die am einfachsten zu erkennen war. In der oberen Oktave gab es aber plötzlich andere Töne, die Musik drehte sich nach dem traurigen Moll. Davon hatte er einmal gelesen, dass es eigene jüdische Tonarten gibt. Seltsam, dass damit so wenig komponiert wurde, wo doch ganz reizvolle und klanglich neue Ergebnisse dabei heraus kommen könnten. Harald sang weiter. Die Partie des Kantors wurde immer dramatischer: fortissimo aufs hohe f, dazwischen gab es kurze, virtuose Schnörkel, kleine Girlanden, die ein wenig orientalische Atmosphäre verbreiteten. Die Orgelbegleitung changierte zwischen volkstümlich alpenländischen Hornquinten und romantischen Dissonanzen. Gegen Ende wurde die Musik wieder konventionell, eher wie bei einem Männerchor von Silcher oder Bortnianski mündete die Schlussklausel in den letzten Akkord.

Inzwischen war es Abend geworden. Der Zugang zum Keller war ebenso unkompliziert, wie beim ersten Mal, aber als sie unten im Dunkeln angekommen waren, bereuten sie den Alleingang. Sie waren unbewaffnet. Was, wenn der Täter hier war und naturgemäß keinen Spaß verstand, wenn man ihm auf die Fährte kam? Es war niemand zu sehen und doch fühlten sie sich beobachtet. Einmal glaubte Uschi einen Schatten gesehen zu haben. Auf ihr Zeichen hin nahm Harald ein altes Stuhlbein in die Hand und, von den beiden Frauen nach hinten und zur Seite abgesichert, wagte er sich vor. Aber es war nichts mehr da, außer einer kleinen Maus, die zwischen alten Vorräten geraschelt hatte und den Amateurdetektiven einen Schrecken einjagte.

Sie wollten gerade den Rückzug antreten. Die Enttäuschung darüber, keine Anhaltspunkte gefunden zu haben wurde von der Erleichterung überdeckt, endlich von diesem unheimlichen Ort wieder fort zu kommen, da löste sich ein Schatten aus der Dunkelheit und im fahlen Licht eines Kellerfensters erschien der Schädel eines alten Mannes, weiße Haare, die Gesichtshaut von Altersflecken übersät. Der Schrecken fuhr ihnen durch die Glieder. Doch bevor sie richtig entscheiden konnten, ob Flucht oder Angriff die beste Strategie wäre, erkannten sie den Greis: Es war Oskar Maria Weißlinger, der hier im trüben Schein der Straßenlaternen noch älter aussah, als er eigentlich war.

„Erschrecken sie nicht," sagte er überflüssigerweise.
„Bitte gehen Sie wieder hinauf. Ich werde nachher bei Ihnen vorbei kommen und Ihnen Rede und Antwort stehen. Bitte, vertrauen Sie mir und gehen sie jetzt. Es ist sicherer."

Das Trio war sprachlos und es blieb auch keine Zeit, eine Antwort abzustimmen.
„Und woher wissen Sie, wo sie uns finden können?"
Uschi blickte ihn schlagfertig an.
„Das ist eine leicht zu lösende Aufgabe, glauben sie mir."

Im Büro saßen Uschi, Babette und Harald um Gaus' alten Schreibtisch herum, wärmten sich innerlich an einer Tasse Tee und fühlten sich außen wie begossene Pudel. Ihr Leicht-

sinn hätte ins Auge gehen können und herausgefunden hatten sie eigentlich auch nichts. Dilettantismus pur.
„Wir sollten endlich zur Polizei gehen."
Keiner reagierte.
„Wozu, was sollen wir sagen, was wollen wir beweisen?"
Schweigen.

Als sie aufblickten, stand Weißlinger im Türrahmen. Geräuschlos war er erschienen, niemand hatte ihm geöffnet, niemand eine Tür offen gelassen. Grußlos näherte er sich den Dreien und zeigte auf die Aktenordner, die noch auf der ausziehbaren Ablage des alten Rollladenschrankes lagen:
„Soweit wie Sie war Gaus auch gekommen, aber dann wurde er ermordet."
Keiner sagte etwas, niemandem fiel ein, was er sagen oder fragen könnte.

Weißlinger nahm sich einen Stuhl und setzte sich zwischen die jungen Leute. Einen der Aktenordner, den letzten und dünnsten, weil noch nicht gefüllten, legte er vor sich und tippte im Sekundentakt mit dem Zeigefinger auf die Pappe. Er sah aufmerksam in die Runde und während er bei ihrer letzten Begegnung verzagt und eingeschüchtert wirkte, war er jetzt ganz bei der Sache: konzentriert, fast überlegen.

„Ich habe Ihnen schon einmal vertraut, und Ihnen von mir und meiner Biografie, meiner Umkehr vom Nazimitläufer zum Antifaschisten erzählt. Ich fürchte, ich werde Sie noch weiter ins Vertrauen ziehen müssen. Sie haben schon viel zu viel Wissen über die Sache angehäuft und Sie sind jetzt an einem Punkt angelangt, an dem es für Sie gefährlich, lebensgefährlich werden könnte. Insbesondere dann, wenn Sie weiter so in Nebel herum stochern, weil Sie dabei in eine vielleicht tödliche Falle laufen könnten."

Es war Totenstille im Raum, man hörte keinen Atemzug.
„Und wie ich Sie einschätze, werden Sie auch nicht ablassen von Ihrem Vorhaben, die Sache aufzuklären, solange die Polizei unsere Fährte nicht ernst nimmt."
Die drei nickten kaum merklich, sichtlich verunsichert. Er hatte *unsere Fährte* gesagt. Was hatte das zu bedeuten?
„Ich habe Ihnen ja bereits gesagt, dass ich vom Anhänger des tausendjährigen Reiches zum überzeugten Demokraten geworden bin. Aber durch besondere Umstände bin ich inzwischen sogar zum Nazijäger geworden."
Babette riss die Augen auf, Uschi und Harald staunten ungläubig.
„Ja, das ist ein gefährliches Hobby, das kann ich ihnen flüstern. Hanns-Dieter hat dabei sein Leben verloren, das hat uns traumatisiert. Es zeigt einerseits, dass wir auf der richtigen Spur sind, andererseits wie gefährlich die Jagd auf diese Verbrecher ist. Diese Leute haben viel zu verlieren, eigentlich alles, und deshalb riskieren sie auch alles und überlassen nichts dem Zufall."

Harald war der Einzige, der einen Satz zusammen brachte: „Dann sind wir alle jetzt im Visier dieser Mörder?"
Weißlinger nickte.
Babette begann zu weinen, Uschi drückte ihr die Hand.
„Und wir, das sind wir drei, Sie und die Herren Kannemann und Birg, also sechs."
Weißlinger runzelte die Stirn: „Sie haben eine gute Kombinationsgabe."
Harald kniff die Augen zusammen und schaute in sich hinein: „Aber es gibt auf ihrer Seite noch eine vierte Person."
Weißlinger nickte: „Und sie haben eine gute Intuition."

Nach einer Pause, die mehr ratlos als spannungsgeladen war, sprach Weißlinger weiter.
„Es hat wahrscheinlich keinen Sinn, Ihnen etwas vorzuent-

halten, auch wenn es für mich, für meinen Freund gefährlich wird, wenn der Kreis der Mitwisser größer ist."
Weißlinger rückte näher heran und sprach leiser.
„Ich hatte Ihnen von einem jüdischen Schüler erzählt, der einige Jahre nach dem Krieg bei mir auftauchte. Er heißt Elias Wolf und ist der Sohn des letzten jüdischen Kantors der großen Synagoge unserer Stadt gewesen. Nathan Wolf, so hieß der Vater, war ein wunderbarer Musiker. Er war Chorleiter, ein virtuoser Organist, der in Leipzig und Paris studiert hatte und ein begabter Komponist. Komposition hatte er ebenfalls in Leipzig studiert, zuerst bei Max Reger und später dann bei dessen Nachfolger Sigfrid Karg-Elert."
„Er war Reger-Schüler, wie Langer auch?"
„Exakt! Die beiden kannten sich aus Studientagen. Ob sie Freunde waren oder Konkurrenten, das wissen wir nicht so genau. Jedenfalls hat es beide nach dem Studium hierher verschlagen. Albert Langer kam 1911 und Nathan Wolf kam 1920 in die Stadt. Anfangs haben sie zusammen gearbeitet, denn Langer hat als Nebenjob mehrere Jahre in der Synagoge am Freitagabend die Orgel gespielt, dafür brauchte man auch in Reformsynagogen oft noch einen Goj."
„Was ist ein Goj?", wunderte sich Uschi.
„Das ist das jiddische Wort für einen Nichtjuden. Einem frommen Juden ist das Arbeiten am Sabbat untersagt und der Sabbat beginnt am Freitagabend und endet am Samstagabend. Orgelspielen zählt zur Arbeit. Singen natürlich nicht und Chorleiten, solange nicht geprobt wird, auch nicht."
„Genau. Also in den zwanziger Jahren leitete Wolf den Chor am Freitagabend und Langer saß meistens an der Orgel. Beide komponierten fleißig neue Werke, Orgelwerke genauso wie Chorwerke. Langer veröffentlichte seine Musik beim Verlag *Schott* in Mainz und Wolf bei *Bote & Bock* in Berlin. Aber während Langer in der Nachfolge Max Regers einen eigenwilligen, im Tonsatz leicht verschrobenen Stil pflegte, der auch neobarocke Tendenzen verkrampft zu integrieren

suchte, schrieb Wolf ganz frei und fantasievoll, von seinem Lehrer Karg-Elert und seinem Frankreich-Aufenthalt geprägt einen, wenn sie so wollen, *internationalen Stil*."

Harald verstand sofort: „Das heißt, sie waren Kollegen, konkurrierten in der gleichen Branche, aber ästhetisch waren sie von zwei Antipoden geprägt, eben ihren Lehrern Reger und Karg-Elert.

„Ja, so hat es mir sein Sohn auch erklärt. Und jetzt raten Sie einmal, wer erfolgreicher war? – Natürlich Wolf. Seine Musik war international gefragt, seine Orgelstücke wurden viel gespielt und hatten hohe Auflagen. Langers übrigens auch technisch eminent schwierige Stücke lagen wie Blei in den Regalen der Verleger und Musikalienhandlungen."

„Neid, der alte Stachel, Neid kam auf."

„Ja, das muss wohl so gewesen sein. Von einem Antisemitismus bei Albert Langer war eigentlich nichts bekannt. Er war ein ganz gewöhnlicher Bürgerlicher, Wähler der DVP, der Partei Stresemanns, in der sich zwar auch antidemokratische Strömungen sammelten, aber zeitweise war die Partei auch ein stabilisierender Faktor der *Weimarer Republik*, bis sich ein Antiparlamentarismus breit machte, der die Partei aber in die Bedeutungslosigkeit führte, weil das andere besser anboten."

„Also aus Kollegen wurden nach und nach Konkurrenten?"

„Ja, so kann man das verstehen. Langer trat 1931 in die *Partei* ein, damit meinte man ab 1933 die NSDAP, das heißt, er war schon früh involviert und kann keinesfalls als Mitläufer bezeichnet werden. Wer 1931 eintrat, war überzeugter Nazi. Jedenfalls trat er für die Ziele ein, welche die Faschisten damals als solche ausgaben."

„Und in der Synagoge?"

„Da spielte er nicht mehr, das hörte etwa 1929 auf. Seinen Neid konnte er nicht verhehlen und er versuchte Nathan Wolf zu schaden, wo er konnte. Aber Wolf blieb weiter fleißig und der *Jüdische Kulturbund* half ihm dabei, seine Wer-

ke wenigstens in dem übrig gebliebenen, jüdischen Kulturkreis zu verbreiten. 1935 veröffentlichte er das Oratorium *Schirah Chadaschah*, das aus liturgischen Kompositionen aller Art bestand. Im Grunde war es mehr eine Sammlung von Sololiedern, Motetten und Werken für Kinderchor. 1936 bekam er für seine Sammlung jiddischer Volkslieder, die er für Chor gesetzt hatte, den Preis des jüdischen Kulturbundes, während Langer mit seinem Machwerk *Der große Pflüger*, das Sie ja sicher in den Akten schon gesehen haben, eigentlich keinen Erfolg hatte. Wir, ich war ja leider aktiv beteiligt, hatten gedacht, bei dieser klangprächtigen Verherrlichung des Führers würden wir von der Parteileitung besonders geschätzt und gefördert werden, aber ich glaube inzwischen, denen war das eher suspekt."
„Also der Neid Langers wurde immer größer?"
„Ja sicher. Er schimpfte immer wieder auf diesen Nathan Wolf und ließ die übelsten antisemitischen Schimpfwörter los, die ich mich schäme zu wiederholen."
„Aber er hatte gegen Wolf nicht viel in der Hand."
„Zunächst nicht. Aber im November 1938 kam dann die sogenannte *Reichskristallnacht*, wo sich der sogenannte, angebliche Volkszorn entlud. Das war das erste Mal, dass es mir dämmerte, auf der falschen Seite zu stehen. Aber raus kam man da nicht so schnell. Also, jedenfalls war es so, die Familie Wolf hatte Glück, sie blieben in ihrer Wohnung in der Kunststraße zunächst unbehelligt. Papa Wolf nahm am nächsten Morgen, also am 10. November den jüngeren Sohn Jacob an der Hand und sie schlichen sich über ein Nachbargebäude durch eine geheime Tür in die zerstörte Synagoge. Vor der Synagoge hielten SS-Männer Wache. Wozu eigentlich fragt man sich heute. Sie schlichen sich auf die Orgelempore, der Spieltisch hing an einem Kabelbaum schon halb in den Hauptraum hinunter und alles war baufällig. Trotzdem mussten Sie leise sein, ihre Entdeckung hätte tödliche Folgen haben können. Auf der Empore packten sie von den Chor-

noten von jedem Stück und jeder Stimme ein Exemplar ein, um diese zum Teil eigens für ihre Gemeinde von Generationen von Kantoren geschriebene Musik zu retten. Als sie die Empore verließen krachte der Orgelspieltisch vollends ins Kirchenschiff."

„Ins Synagogenschiff."

„Wie? Ja klar, ins Synagogenschiff. Die SS-Männer kamen herein, aber die beiden konnten sich hinter einem Schutthaufen verbergen und verschwanden wieder, wie sie gekommen waren."

„Und Langer?"

„Langer wusste ja, wo Wolf wohnte, und als er sah, dass das Haus unversehrt war, gab er dem SS-Sturmführer einen Tipp, sie sollten doch auch noch die Familie Wolf *besuchen*."

„Um Gottes Willen, dieses Schwein."

„Ja, allerdings. Nathan Wolf war mit seiner Frau und den beiden jüngeren Kindern zu dem Zeitpunkt gerade beim jüdischen Komitee, das bei der Auswanderung behilflich war. Nur der älteste Sohn, mein Schüler Elias Wolf, der war zu Hause. Ein kräftiger, selbstbewusster junger Mann. Den nahmen Sie mit und folterten ihn und richteten ihn übel zu."

„Und was geschah dann mit ihm und der Familie?"

„Nathan wurde von Nachbarn gewarnt. Er betrat seine Wohnung gar nicht mehr. Mit Frau und den zwei verbliebenen Kindern schlug er sich nach Rotterdam durch und sie schifften sich in die USA ein, schwersten Herzens und in unvorstellbarer Trauer und Wut über den Verlust des älteren Sohnes. Nathan wurde dann Oberkantor der jüdischen Gemeinde in Manheim Pennsylvania, einem kleinen Ort in der Nähe von Philadelphia mit einer aktiven Gemeinde. Erst 1945 konnten Sie ihren ältesten Sohn wie durch ein Wunder wieder in die Arme schließen, obwohl man ihn kaum noch erkannte."

„Was ist mit ihm passiert?"

An der Tür klingelte es. Die vier schreckten alle auf, so sehr waren sie in die Erzählung des Alten vertieft, dass sie die Wirklichkeit um sich ganz vergessen hatten. Draußen vor der Tür standen Kannemann und Konstantin Birg. Harald war zu überrascht, um etwas zu sagen und bat die beiden herein. Zwei Stühle aus dem Nachbarbüro waren schnell hereingetragen, jetzt wurde es eng um den kleinen Besprechungstisch von Gaus. Kannemann nahm die Gesprächsführung in die Hand, überhaupt war er gar nicht der verklemmte Spießer, wie sie gedacht hatten, sondern plötzlich eher ein Generaldirektor, der seine Mannschaft auf den Kurs der Firma einschworen hatte. „Sie wissen ja inzwischen weitgehend Bescheid, so sagte mir Oskar. Vermutlich sind wir bald auf dem gleichen Stand, aber ich warne Sie, das ist gefährlich und unser Feind agiert aus der Deckung, aus dem Dunklen heraus. Wir wissen nicht, wo er steckt. Sonst hätten wir auch gerne die Polizei eingeschaltet, aber zur Zeit halten die uns noch für Fantasten."
Konstantin Birg übernahm.
„Wir sind Langer auf den Fersen. Wir sind ihm näher den je, aber wir haben ihn eben noch nicht. Gaus hatte etwas Neues herausgefunden, vielleicht den Schlüssel zu der ganzen Sache."
Alle blickten sich erstaunt an. Der Autist Konstantin Birg sprach wie ein ganz normaler Mensch, er saß aufrecht, der Blick war klar und wach.
„Wie, wie kommt es, dass Sie gar nicht mehr krank sind?"
Babette stammelte nur so vor Erstaunen.
„Ich wurde Dank eines guten Arztes und einer Schocktherapie, die sich aber zufällig ergeben hatte, therapiert. Ich bin sozusagen aus einem Dämmerzustand aufgewacht, in den mich ein Trauma in frühester Kindheit versetzt hatte. Ich war ja ein Waisenkind und in den Waisenhäusern wurden Kinder oftmals barbarisch und unmenschlich behandelt und missbraucht. Leider erinnere ich mich nur noch an schemen-

hafte Vorgänge, aber die sind grauslig. Das erzähle ich Ihnen ein andermal. Jetzt müssen wir erst Langer finden, oder wie er jetzt heißt, damit nicht noch mehr Tote seinen Weg säumen."

„Was meinen Sie mit *oder wie er jetzt heißt*?"
„Langer verschwand 1945 vermutlich über Rom und Lissabon nach Buenos Aires, wo sich schon viele Altnazis gesammelt hatten."
„Die Rattenlinien."
„Genau. In Argentinien hatte er sich irgendwie über Wasser gehalten, aber auch dort verliert sich seine Spur. Seine Frau hat hier in Deutschland einen Antrag auf Verschollenheit gestellt. Es dauerte ihr aber offensichtlich zu lange. Sie verschwand ebenfalls um 1948 herum. Die Nachbarn sagen, sie wäre nach Südamerika ausgewandert."
„Hat man nicht nach ihr geforscht?"
Das war Uschis Terrain: „Es ist einem erwachsenen Menschen nicht verboten, weg zu gehen oder auszuwandern. Solange kein Verdacht auf eine Gewalttat besteht, unternimmt niemand etwas."
Gierig wollten alle die unwahrscheinlichen Tatsachen verstehen. Einer fiel dem anderen ins Wort. Sogar Babette war blitzschnell: „Aber 1951 war Langer doch auf dem Foto in Österreich zu sehen."
Kannemann sorgte wieder für etwas Ordnung in der Gesprächsführung: „Eben, das müssen wir herausfinden. Langer lebt mit aller größter Wahrscheinlichkeit. Gaus war ihm offensichtlich näher auf den Fersen, als wir, deshalb hatte er uns ja auch zusammengerufen."
„Zusammengerufen?"
„Ja, wir sollten uns am 2. Januar zur üblichen Stunde an unserem Treffpunkt im Keller des Logenhauses einfinden, aber wer nicht kam, war Gaus selbst. Der Mörder hatte schon zugeschlagen."

„Und wie hat er Ihnen mitgeteilt, dass Sie sich treffen sollen?"
Kannemann, Birg und Weißlinger sahen sich einen Moment fragend an. Kannemann nickte, Weißlinger erklärte:
„Jetzt können wir das Geheimnis preisgeben, es ist ohnehin wertlos geworden. Gaus kannte das Morsealphabet, weil er Funker bei den Kindersoldaten war, die die Nazis noch in den letzten Kriegstagen aufgestellt haben. Wir anderen haben es inzwischen auch gelernt. Natürlich waren wir im Silvesterkonzert von Gaus und hörten besonders aufmerksam hin. In dem ihnen allen bestens bekannten D-Dur Präludium von Bach gibt es zwei Stellen mit den repetierenden, also sich wiederholenden Tönen. Diese kann man zu Morsezeichen verformen, indem man sie, wie man es eben benötigt mal länger, mal kürzer aushält, also die eigentlichen Betonungen ignoriert und eben Morsezeichen spielt. Und das machte Gaus immer, wenn er das Stück spielte, um mit uns Kontakte zu vereinbaren."
Harald war sprachlos. „Wie bitte, Gaus hat das Stück von Bach musikalisch misshandelt, um mit ihnen zu kommunizieren und sich dafür den Spott des Musikkritikers Jahr für Jahr zugezogen?"
„Ja, das war es ihm wert."
„Also deshalb war er so gelassen, wenn dieser Blicker über ihn herfiel."
„Richtig!"

26

Harald hastete an die Orgel, sobald die konspirative Sitzung vorbei war. Das musste er selbst ausprobieren. In der linken Hand hatte er ein Morsealphabet. Er hatte es abgeschrieben. Oben auf dem Turm der Kirche, auf dem ersten Rundgang hatte die Balustrade einen Überzug aus Kupferblech und darauf hatten im Krieg die Funker sowohl die Lage der Stadtteile und kriegswichtige Industrien eingezeichnet, als auch das Morsealphabet. Von hier aus gaben Sie Warnungen und Meldungen an den Heimatschutz und die Feuerwehr. Dieses Graffiti in Kupfer war gut erhalten und durch den Grünspan der letzten 30 Jahre nur umso deutlicher hervorgetreten.

Kaum hatten sich die Bälge mit Luft vollgesogen, so dass die Orgel spielbereit war, hatte Harald das Bach-Präludium auch schon aufgeschlagen und versuchte sich an den ersten Takten der Repetitionsstelle. Als erstes testete er ganz einfach ABC zu morsen. Dazu schrieb er sich die Betonungen darüber: kurz-lang / lang-kurz-kurz-kurz / lang-kurz-lang-kurz - es ging. Beim ersten Durchgang kam er noch ins Schleudern und musste abbrechen, aber beim zweiten Mal im langsamen Tempo war es schon ganz gut. Dann versuchte er es mit *heute Abend*. Das war schon ziemlich lang. Also an die nächste Stelle. Dann die Zahlen. Mit etwas Geschick und knappen Angaben kam man hin. Tatsächlich, das hat funktioniert. Aber warum nahm Gaus nicht ein geeigneteres Stück mit mehr Tonwiederholungen? Harald überlegte: *Dies sind die heilgen zehen Gebot*, die Fughette aus der *Clavierübung Dritter Theil*, die wäre doch ideal. Er fischte nach einem anderen Notenband und schlug die Choralbearbeitung auf. Das Thema bestand zunächst nur aus Tonwiederholungen, als ob Mose die Gesetze in die Steintafel selbst meißelte, so hämmerte dieser Themenkopf in die Orgel. Von Taktstrich zu Takstrich kam der Grundton zehn Mal vor. Harald zählte weiter: Das

Thema der kleinen Fuge kam im Verlauf der Komposition auch genau zehn Mal zum Vorschein: Das war der Zahlensymboliker Bach. Die zehn Gebote wurden nach Art der Kabbala mit der Zahl 10 in der Musik versteckt. Niemand konnte das hören. Es war eine Botschaft an den Leser, an den Spieler des Stückes. Und das wäre auch das Problem für Gaus gewesen. Das Tempo der Tonwiederholungen ist so schnell, dass die Adressaten der Morsebotschaft große Mühe gehabt hätten, diese zu verfolgen. Also war Bachs *D-Dur Präludium* doch die richtige Wahl.

Im *Fernwerk* selbst war er seit dem Mord nicht mehr gewesen. Die Zungenstimmen im Fernwerk waren inzwischen recht verstimmt, das heißt, die übrigen Register sind mit der Jahreszeit und dem Temperaturanstieg höher geworden, die Zungen sind aber in der Minderheit, deshalb werden sie nachgestimmt. Das geht auch leichter, weil sie die Stimmkrücke haben, einen gebogenen Draht, den man mit einem Stab verschieben kann.

Harald zögerte. Das Dachgebälk war durch den Mord an Gaus ein belasteter Ort. Sollte er den bösen Bann brechen und einfach hinaufgehen? Automatisch zückte er den Schlüsselbund und schaltete die Sicherung ein, damit die Lichtschalter auch funktionieren. Der Aufstieg beginnt mit der Wendeltreppe aus gelbem Ziegelstein, dann auf das erste Gewölbe über eine breite Holztreppe und eine weitere, schmalere Treppe auf die Kuppel zu. Das Gebälk selbst war aus Gussbeton, die Ecken rundeten sich tief und dunkel. Viel Dreck oder Müll gab es hier eigentlich nicht, deshalb fiel Harald auch sofort ein Blatt Papier ins Auge, das da unten weder hingehörte, noch allzu lange liegen konnte. Er kletterte hinunter, aber das war nicht so einfach, es war steil und rutschig. Der Staub von über 50 Jahren hatte eine gleichmäßige, fast schöne Schicht gebildet, aber dreckig war sie trotzdem. Beinahe wäre er in den auf das Ende hin schmaler werdenden Spalt zwischen Kirchendach und Gewölbe gerutscht, da schnappte er das Blatt und hechtete nach oben, voll mit schwarzbraunem Staub. Er schaute auf das Foto, wieder ein Ausschnitt aus der *Allgemeinen Musikzeitung*, wieder ein Foto vom inzwischen 51. *Kongress der Genossenschaft österreichischer Tonkünstler*, und hinter dem scheidenden Präsidenten Prof. Kurtzweil standen die Delegierten der Regionalverbände, der Name *Anton Laubbichler (Südtirol)* war dick unterstrichen. Harald suchte das Gesicht dazu, klein und hinten in der letzten Reihe. Konnte das Albert Langer sein?

„Du musst die Ohren vergleichen und die Nase, das sind unveränderliche Kennzeichen!"
Harald saß mit der Lupe über dem Foto, das er im Kirchendach gefunden hatte und Uschi hielt ihm immer wieder Vergleichsfotos von Langer daneben. „Ja, das muss er sein. Er ist natürlich älter geworden, aber die Ohren sind gleichgroß, die Nase ist identisch, die Augenpartie ebenfalls. Wer ist Anton Laubbichler?"
„Wenn Gaus dieses Blatt besaß, dann würde es bedeuten, dass er Langer tatsächlich auf der Spur war. Vermutlich hat Gaus diesen Namen unterstrichen hat, weil er ihn schon auf dem Foto erkannte, weil er das Bild seinen Verbündeten zeigen wollte. Aber als er am 1. Januar ins Fernwerk stieg, hat er das Blatt unterwegs verloren. Oder der Mörder, oder Langer, oder ein Komplize hat es ihm abgenommen und dann beim Abstieg verloren."
Logik war eine Stärke von Uschi. Harald nickte.
„Jetzt müssen wir nur noch herausfinden, wie dieser Pichler,"
Uschi korrigierte: „Laubbichler",
„wie Langer zu dem Namen Laubbichler kam und dann schnappt die Polizei zu."
„Und wenn er es nicht ist?"
Babette machte den *advocatus diaboli*.

Einen Augenblick saßen alle stumm um den Tisch, dann sprang Harald, auf.
„Wir gehen zu Kannemann, Weißlinger und Co. Die haben vielleicht eine zündende Idee und die nötige Erfahrung."

Weißlinger, Birg und Kannemann waren schnell beisammen und beugten sich über das Bild aus der *Musikzeitung*. Allen dreien schoss das Adrenalin durch die Adern und sie schauten sich angestrengt nachdenkend an.
„Das muss es sein, die Spur, die Hanns-Dieter verfolgt hat. Da sie ihm den Tod gebracht hat, können wir ganz sicher sein, dass er richtig lag", folgerte Kannemann.
Birg und Weißlinger nickten.
„Und was heißt das jetzt?", wollte Uschi wissen.
„Ich nehme an, dass Gaus schon mehr über die Sache wusste. Ich vermute, dass Langer alias Laubbichler ihm die Falle im Fernwerk gestellt hat, ihm auflauerte und ihm nach dem Mord seine Unterlagen abnahm, aber dieses eine Blatt ist wohl herausgefallen."
„Zu unserem Glück muss man sagen."
„Ja allerdings. Wir haben schon seit einiger Zeit Kontakte nach Südamerika aufgebaut, schließlich sind dorthin auch viele Juden emigriert, aber wir wussten eben zu wenig, wo nach sie suchen sollten. Jetzt wird es konkret. Konstantin, du telegrafierst an den *Mossad* in Buenos Aires!"
„An den *Mossad*?", Babette riss die Augen auf.
„Natürlich, an wen sonst? Die haben jedes Interesse, geflohene Nazis aufzuspüren. Babette, Sie könnten weiter die Leute aushorchen, ob man jemals wieder etwas von Langers Frau gehört hat. Meist melden sich die Leute doch irgendwann bei Verwandten oder Nachbarn. Harald und Uschi, sie könnten in der Bibliothek über das Musikleben in Argentinien recherchieren: Konservatorien, Musikschulen, Organistenposten, was sie eben finden. Wir kümmern uns um das Übrige und wenn die Sache Formen annimmt, gehen wir zur Polizei."

27

„Buenas noches, ¿podrías darnos alguna información sobre un ex almuno?"
Harald hatte sich mit einem spanischen Wörterbuch bewaffnet und einen Satz zusammengebaut, von dem er weder wusste, ob er korrekt ist, noch wie er die Antwort darauf verstehen sollte. Der Mossad hatte tatsächlich herausgefunden, dass sich 1945 bei den argentinischen Behörden ein Mann gemeldet hatte, der angab, alle Unterlagen, Pass etcetra auf der Flucht verloren zu haben, und der seinen Namen mit Anton Laubbichler, Konfession katholisch, angab. Auch Geburtsdatum und Geburtsort wichen von Albert Langers Biographie ab. Er sei in Tramin in Südtirol geboren. Wenn er es war, und dafür sprach inzwischen alles, hatte er sich tatsächlich eine neue Identität zugelegt. Damals scheinbar eine einfache Übung.
„¿hola, me esuchas?" Endlich stand die Verbindung sicher.
"Buenas noches, somos..."
„Gude Morge, heeretse mi? Des klingt doch nach me starke deutsche Akzent, rufet Sie von Alemania aa?"
Die drei Ohren, die sich mühsam um den Hörer drängten waren an Gesichtern angewachsen, die nun verblüfft aus der Wäsche schauten.
„Ja, wir hören Sie!"
Harald, der schwäbisch fließend verstehen konnte, übersetzte so gut es ging simultan.
„Saget se bidde nommol, was Sie wellet, es isch immer schee, Leit aus dr Hoimat z'heere!" (Sagen Sie bitte nochmal, worum es geht, es ist immer schön, Leute aus der Heimat zu hören!)
Harald hatte sich noch nicht von dem Schrecken erholt.
„Ja, guten Abend, sind wir richtig beim *José-Rodriguez-Sanchez-Alvarez-Konservatorium* in Córdoba?"
„Hier bei uns isch jetzt nix Buenas noches, mir hend früha Morge, gell, vergessetse net die Zeitverschiebung! Aber ja,

do sind Se richtig." (Hier ist es früher Morgen, denken Sie an die Zeitverschiebung!)

„Ja, entschuldigen Sie, aber ich bin ganz verwirrt, wie kommt es jetzt, dass Sie so hervorragend deutsch sprechen?"

„Hervorragend deutsch, haha, da muss i lache, moi schwäbisch verschtande net älle, aber Sie scheinbar scho." (da muß ich lachen, es verstehen ja nicht alle.) „I komm aus Bempflinge an der Erms, des isch zwische Nürtinge un Reutlinge. Mir send 1945 glei nochem Krieag ab über de große Teich. Mei Vadder war Ortsgruppeleider und hot a bissle zu gute Kontakte zur Waffen-SS g'habt - aber mir hen koi Jude im Dorf ghet, dene hemmer nix doo." (Wir sind gleich nach dem Krieg weg, der Vater war in der Partei und zu bekannt als NS-Mann, aber sie hatten keine Juden im Dorf.)

„Also, sagetse etzt, worum gohts?"

„Wir schreiben ein Buch über Musiker aus dem deutschen Sprachraum, die nach Südamerika ausgewandert sind. Zur Zeit versuchen wir die Biographie von Anton Laubbichler zu rekonstruieren. Können Sie uns sagen, ob der bei Ihnen studiert hat?"

„Anton wie?"

„Laubbichler"

„Und wann soll des gwäse sei?"

„So zwischen 1945 und 1949."

„Oha, da muss i gugge. Des isch im alte Karteikaschte. Der stoht zwische de Harfekäschte und de Pauke und Trommle, do muß i erscht mol naa komme, bleibet Se draa!" „Sie muss erst danach suchen, der Karteikasten steht...

„Ja, wir haben äs sinngemäß verschtande", äffte Uschi die Dame nach und Babette musste kichern.

„Wieso Córdoba?"

„Córdoba ist eine große Stadt mit einer langen kulturellen Tradition. Die Universität wurde schon im 17. Jahrhundert gegründet. Es gibt dort große historische Kirchen und Kathedralen, Klöster und Musik- und Kunsthochschulen. Es wäre

plausibel, wenn Langer alias Laubbichler dorthin ging, um sich ein neues Examen zu verschaffen."
„Ein neues Examen? Wie kommst du darauf?"
„Naja, wenn Laubbichler-Langer heute oder sagen wir bis vor ein paar Jahren als Musiker gearbeitet hat, das sagen uns ja die Bilder der Tonkünstlerkongresse, dann muss er auch ein Examen gehabt haben, damit er eine Anstellung finden konnte. Aber seine alten Papiere waren ja wertlos, weil da Langer drauf steht. Deshalb nahm ich an, dass er in Argentinien erneut studierte. Jetzt schauen wir mal, ob die Idee die richtige war."
„Hallo? Ja, i bin wiedr doo. Also schaut mer mal, Lang, Lappe, Larzon, Lassiano, Latini, Laubbichler, des isch er, Anton, gell?"
„Ja, genau?"
„Also der hat bei uns vom Windersemeschter 45 bis zum Frühjahr 47 Klavier, Orgel und Theorie studiert, also des war scho extrem kurz und älles uff oimol und hat dann alle Exame an oim Dag abglegt. Der muaß jo a scheniele gwäse sei. Aber der war au scho nimmer der Jüngschte, der isch sozusage ausm Rahme gfalle."
„Ja, danke, wissen Sie sonst noch etwas über ihn?"
„Noi, do stoht nix und i ben z'jung, i hab sellemols no net gschafft."
„Ja, tausend Dank, Frau...?"
„Mei Name isch Häberle-González."
„Ja dann danke, Frau Häberle-González!"
„Ja, gern geschee, und griestse mir s'Schwobeländle!"
„Ja, wenn i naakomm!"
Harald legte kichernd auf. „Was hat sie noch gesagt?", bedrängten ihn die beiden Frauen.
„Ich dachte, ihr versteht alles?"
„Na, alles nicht."
„Er hat nach dem Krieg in Córdoba drei Semester Klavier, Orgel und Theorie studiert, also in aller Kürze, und dann an einem Tag alle Examen abgelegt."

„Der war noch fit."
„Allerdings! Aber mehr wusste sie nicht über ihn."

Es dauerte zwei Tage, dann hatte Kannemann neue Informationen aus Argentinien. Er rief alle Beteiligten an und sie fanden sich wieder am gewohnten Ort im Büro des Kantorats ein.
„Der *Mossad* hat uns jetzt mehr Angaben geliefert. Nach seiner *Anmeldung* in Buenos Aires ging er nach Córdoba, um dort Musik zu studieren. Sein Geburtsdatum hat er übrigens gefälscht, er hat sich vier Jahre jünger gemacht,"
„trotzdem ein altes Semester,"
„und wie Herr Schopflenger schon berichtet hat, ist er dort auch aktenkundig. Anfangs hat er als Aushilfe bei Gottesdiensten an verschiedenen Kirchen gespielt, unter anderem an der deutschen evangelischen Kirche. Ab 1947 war er dann an der Kathedrale von Córdoba als zweiter Organist angestellt. So und jetzt kommt's. 1948 heiratet er Klara Vielhauer, die frisch nach Argentinien emigriert war."
„War das nicht seine Frau?"
„Genau, das war seine Frau!"
„Aber die hieß doch Langer!"
„Die ist ohne Pass und Heiratsurkunde, aber mit ihrer Geburtsurkunde auf die Einwanderungsbehörde gegangen und hat sich als ledig registrieren lassen."
„War das dann Bigamie?", sinnierte Uschi.
„Was weiß ich", fuhr Kannemann fort, „jedenfalls sie haben am 21.10.1948 in der *Chiesa San Sebastián* katholisch geheiratet und dann, um das Familienglück vollständig zu machen, ein Waisenkind adoptiert. Ratet mal wie das Kind hieß?"
Alle zuckten mit den Achseln.
„Sebastian Langer!"
„Waas?", rief Babette, „Ach so ja, der Junge war ja auch noch da. Wie alt war der denn?"

„Der Junge war damals fünf Jahre alt. Sie gab an, es wäre der Sohn ihrer im Krieg umgekommenen Schwester."
„An Fantasie fehlte es ihnen nicht", bescheinigte Harald.
Aber Uschi hakte nach: „Hat sich da niemand darum gekümmert, ob das alles stimmt?"
Weißlinger ergriff das Wort.
„Nein, wieso? Damals war die Welt ein Chaos. Man war im Grunde froh, wenn man zum Beispiel für solch ein Kind eine Lösung hatte, und in Argentinien dürften letzte Zweifel ganz sicher mit einem kleinen Betrag auszuräumen gewesen sein."
Kannemann fuhr fort: „1949 wanderte die Familie nach Südtirol aus, Laubbichler war ja in Südtirol geboren."
„Konnte er denn italienisch?"
„Vermutlich nicht, aber das war vor dem Krieg in deutschen Ortschaften wie Tramin durchaus normal und nicht weiter auffällig. Jedenfalls nahm er eine Stelle als Klavierlehrer an der Musikschule in Meran an und spielte sonntags die Orgel in einer Vorortkirche."
„Kein direkter beruflicher Aufstieg."
„Nein, aber im Rahmen des Möglichen ein Optimum. Die Familie war zusammen, man war wieder im deutschen Kulturraum und hatte ein zufriedenstellendes Auskommen."
„Nur erkannt durfte er nicht werden, zumindest von den Falschen nicht."
„Exakt. Das war sein Problem."
„Umso unverständlicher, dass er sich bei der Genossenschaft der Musikschreiber, oder wie die hieß, engagiert hat. Das war doch mit Öffentlichkeit verbunden."
Kannemann schüttelte nachdenklich den Kopf. „Wenn man sich aus allem raus hält, macht man sich auch verdächtig. Sicherlich glaubte er, die Sache mit den Tonkünstlern wäre unauffällig."
„Und damit gehen wir jetzt zur Polizei!"

Babette stand während des Sprechens auf, Harald und Konstantin drückten sie an den Schultern wieder zurück auf ihren Stuhl. Aber keiner sagte ein Wort.
Weißlinger nickte.
Kannemann und Birg zögerten, doch dann nicken alle und erhoben sich.

Eberhard Schopflenger hatte sofort alle Hebel in Bewegung gesetzt, die zur Verfügung standen. Gaus war tatsächlich Ende November in Südtirol gewesen und hatte auf eigene Faust vor Ort ermittelt. Laubbichler hingegen hatte sich am 27. Dezember in einer kleinen Pension im Süden der Stadt eingemietet, aber als die Polizei dort erschien, um ihn zu vernehmen, war er bereits abgereist. Seine Post in die Pension ließ er sich aber postlagernd nach Wanfried bei Kassel nachsenden. Das war eher ungewöhnlich für einen Pensionsgast.
„Stellt ihm eine Falle. Wir schreiben ihm unter einem Alias-Namen, wir hätten Material, das ihn enttarnen könnte, und vereinbaren einen Übergabetermin gegen ein Lösegeld. Wenn er kommt, schnappt ihr ihn."
Eberhard überlegte, ob dieser Vorschlag von Harald eher für Krimileser oder für Kriminalpolizisten tauglich wäre. Aber da ihm nichts besseres einfiel, ließ er die Falle von seinen Mitarbeitern ausarbeiten."

Eine Woche später saß Harald mit zwei Kriminalbeamten im Auto in sicherer Entfernung. Ein Beamter in Zivil, schusssichere Weste unter der Jacke, wartete auf dem Wanderparkplatz im Odenwald auf Langer-Laubbichler, die Aktentasche mit dem vermeintlich brisanten Material unter dem Arm. Zweimal fuhr ein Auto vorbei. Einmal kam ein Wanderer mit Hund daher, aber sonst geschah nichts. Ob Langer in der Nähe war oder ein Komplize, es war nicht auszumachen. Unverrichteter Dinge zogen die Beamten wieder ab.

28

Mozarts große *Fantasie in f-Moll* KV 608 war eigentlich viel zu schwer für ihn, aber Harald hatte immer schon einmal ein Auge auf das Stück geworden. Jetzt passte dieses Spätwerk des Götterlieblings, der einen frühen und traurigen Tod sterben musste. Die Akkorde am Anfang, voller Kraft und Trotz und Dramatik. Dazu die dreifachen Vorschläge, immer in mehreren Stimmen gleichzeitig, und die punktierten, ouvertürenhaften Auftaktfiguren. Harmonisch war Mozart hier mutiger denn je. *Don Giovanni*, die *Königin der Nacht*, das *Requiem*, alles steckte auch in diesen chromatischen Fortschreitungen, ja man schaute beim Hören in finstere Abgründe und die große Orgel gab das Klangfundament dafür her. Harald stolperte und strauchelte, denn die Griffe waren schwer zu treffen. Immer wieder lag er daneben, korrigierte oder las Vorzeichen, indem er sich ganz nah an die Noten beugte. Das Pedal hatte ganz ungewöhnliche Figuren, denn das Werk war zwar für eine Orgel, aber nicht für einen Spieler geschrieben. Mozart hatte den Auftrag, Stücke für eine mechanische Orgel zu schreiben. Es wurden insgesamt drei und sie zählen zu seinen besten, reifsten, tiefgründigsten Musiken. Im Gegensatz zum ersten Abschnitt schwebte der Mittelteil in As-Dur mit einer überirdischen Leichtigkeit. Melodien, wie sie nur der Liebling der Götter, *Amadeus* oder *Theophil*, wie er ursprünglich genannt wurde, schreiben konnte, schwebten davon.

Jetzt ging doch tatsächlich der Schweller im *Fernwerk* schon wieder nicht. Der Orgelbauer hatte ihn doch repariert, nachdem die Staatsanwaltschaft den Fundort freigegeben hatte. Die Fachleute hatten seinerzeit die mutwillige Manipulation bestätigt. Harald hatte schon den Schlüssel in der Hand um ins *Fernwerk* zu steigen und nachzusehen, da traf ihn die Erinnerung an die letzte derartige Situation wie ein Blitz ins

Genick. Er rannte ins Büro, rief Kannemann und Birg an, zwei kräftige Männer, für mehr war da oben kein Platz, denn was sollte er dort mit zwei jungen Damen und einem Greis anfangen und erwartete sie am Eingang zum Turmaufgang. Sie tasteten sich vorsichtig vor, immer auf der Hut, auf einen Schlag oder Angriff gefasst, aber es geschah nichts. Das Fernwerksgestänge war ausgehängt und es lag ein Zettel im Hohlraum, unübersehbar: „Kommen Sie alleine und unbewaffnet am Mittwoch, 21. Juni um 17 Uhr in den Keller des Hauses Kunststrasse 17".

„Also morgen!", rief Konstantin.

Harald nahm das Blatt und schneller als sie gekommen waren, waren sie auch wieder unten und riefen im Büro die Kriminalpolizei an.

„Das ist das Haus, in dem vor dem Krieg die Familie Wolf gewohnt hat", erinnerte sich Kannemann. Oberkommissar Eberhard Schopflenger war sofort am Apparat und ließ das Haus in der Kunststraße unverzüglich verdeckt überwachen.

Am nächsten Tag wollte Harald selbst den Lockvogel spielen, aber die Polizei ließ das nicht zu. Ein Beamter, der in Größe und Statur Harald am nächsten kam, wurde in seine Kleider gesteckt und ging gegen 17 Uhr in das Haus, das von einer Spezialeinheit umstellt war. Auf ein Signal des Einsatzleiters stürmten sie den Keller, aber außer einem verschreckten Bewohner, der gerade Kohlen holen wollte, bewegte sich nichts. Erst als sie alles gründlich untersuchten, fanden sie eine männliche Leiche, 174 cm groß, ca. 65 Jahre alt. Eine Todesursache war auf den ersten Blick nicht zu erkennen. Die Spurensicherung fand viele Spuren, die nicht zuzuordnen waren, weil der Keller von vielen Bewohnern genutzt wurde.

Die Obduktion ergab, dass der Tote erwürgt wurde. Das aufgerissene Gesicht sprach dafür, dass er seinen Mörder gesehen hatte. Dieser hatte ganze Arbeit geleistet. Ohne jede weitere Spur oder Gewaltanwendung muss dieser sein Opfer mit ungeheurer Kraft schnell und mit geübten Griffen ins Jenseits befördert haben. Erste Gegenüberstellungen ergaben: Es war Anton Laubbichler, der das Pensionszimmer gemietet hatte und in Wanfried von Freunden vermisst gemeldet wurde. Nach zwei Tagen war auch klar, es handelte sich um Albert Langer. Der Zahnarzt, der ihn vor dem Krieg behandelt hatte, hatte noch Unterlagen und erinnerte sich gut an die ungewöhnliche Stellung der unteren Schneidezähne.

Da man keinen Mörder dingfest machen konnte, versuchte die Polizei es über die Presse. Zunächst wurde nur aufgerufen, wer etwas gesehen habe, der möge sich melden. Als auch das erfolglos blieb breitete man die ganze Geschichte von Langer-Laubbichler aus, was in der gesamten deutschen Presse und natürlich auch in Südtirol ein Rauschen im Blätterwald hervorrief. Jetzt meldeten sich bei der Sonderkommission täglich Menschen, die Langer gekannt hatten oder die Laubbichler gekannt hatten und es nicht glauben wollten, die ihn gesehen hatten, oder glaubten, ihn gesehen zu haben. Viele Aussagen bestätigten, was man schon wusste, andere waren konfus.

Nach vier Wochen wurde die Leiche freigegeben und die Beerdigung fand zum Erstaunen der Beteiligten in der großen Stadt und nicht in Südtirol statt. Die Witwe ging gestützt von zwei Schulkameradinnen, die jetzt wieder in Kontakt mit ihr treten konnten, und ihrem Sohn in der zweiten Reihe dem Sarg hinterher. Die Polizei hatte überall zivile Beobachter postiert, um eventuell auffällige Teilnehmer wahrzunehmen. Aber auch hier war nichts zu ermitteln. Die Sonderkommission wurde bis auf einen Mann verkleinert, die Akten abgelegt, aber nicht geschlossen. Mord verjährt nicht.

Wieder einige Tage später versammelten sich die Freunde von Hanns-Dieter Gaus in dem kleinen Büro, Kannemann, Birg, Weißlinger, Uschi, Babette und Harald, alle waren sie erschienen, denn obwohl der Mord an Gaus aufgeklärt war, blieben viele Fragen offen.

Weißlinger begann: „Jedenfalls wurde der Mörder an Gaus seiner gerechten Strafe zugeführt?“

„Gerechte Strafe? In der Hölle hätte er schmoren müssen“, echauffierte sich Babette.

„Nein, er hätte vor ein Gericht gestellt werden müssen. Das wäre mit Sicherheit lebenslänglich geworden“, dozierte Uschi.

„Wie dem auch sei, jemand hat uns die Arbeit abgenommen und das ist nicht mehr zu ändern. Die Polizei hat alle Habseligkeiten von Langer-Laubbichler konfisziert und analysiert. Ein bisschen was hat mir mein Bruder verraten. Also Laubbichler war Langer, das ist sicher, und er hat die Recherchen der Gruppe um Gaus wahrgenommen. Er hatte einen Informanten hier in der Stadt, vermutlich einen alten Kameraden, den kennt die Polizei noch nicht, und er hat mit dessen Hilfe auch Gaus überwacht. Unter anderem haben sie von Kirche und Büro Schlüssel nachgemacht oder noch alte besessen.“

„Ach deshalb wurden letzte Woche alle Schlösser ausgetauscht.“

„Genau, und sie kannten die Akten und Pläne von Gaus.“

„Wie gruselig. Dann waren wir ja wirklich alle in Gefahr,“ schüttelte sich Babette.

„Das waren wir. Aber mal realistisch betrachtet, einfach so mehrere Leute abschlachten, das wäre auch aufgefallen, das wäre keine so gute Tarnung mehr für Langer gewesen.“

„Stimmt!“

Harald dreht sich zu Kannemann, Birg und Weißlinger und sah ihnen scharf in die Augen. „Meine Herren, sie wissen etwas über den Mörder, sie halten Informationen hinter dem Berg, was ist eigentlich mit ihrem vierten Mann. Er ist nie auf-

getaucht, aber sie hatten mir ja bestätigt, dass es noch einen vierten gibt."

In diesem Moment stand ein Mann im Türrahmen, groß, kräftig und im Gesicht voller Narben, so dass man sich erst ein wenig sortieren musste, um genau hinsehen zu können.

„Sie sprechen von mir?"

Harald, Babette und Uschi hielten den Atem an.

„Mein Name ist Elias Wolf und ich habe Langer erwürgt. Ich war schon lange vor 17 Uhr im Keller unseres Hauses, in dem ich mich ja besser auskenne als er, und habe seine Präparationen beobachtet. Er wollte natürlich entwischen und hatte allerhand lächerliche Vorbereitungen getroffen, die ihm bei dem großen Polizeiaufgebot nichts genutzt hätten."

„Aber warum haben sie ihn getötet?"

„Ihm habe ich es zu verdanken, dass ich von den Nazis verschleppt und im KZ Osthofen zugerichtet wurde, dass ich Schrecklichstes mit ansehen musste in den Vernichtungslagern im Osten. Dort hat man mich und einige andere starke junge Juden dazu gezwungen, die Leichen aus den Gaskammern zu ziehen und dann regelrecht auszuschlachten, Halbtote in die Gaskammer zu schleppen und viele Grausamkeiten mehr. Die meisten meiner Kameraden wurden irgendwann einfach zufällig mitvergast. ‚Du, geh auch mit rein', rief ein SS-Mann, und weg war er. Es konnte jeden jederzeit treffen. Diese jahrelange Angst, diesen Psychoterror und die Unmenschlichkeiten, die wir gesehen haben, sind kaum auszuhalten. Viele von uns haben noch im KZ oder nach der Befreiung Selbstmord begangen."

„Und Sie, was haben Sie gemacht?"

„Ich bin nach der Befreiung erst einmal mit Hilfe des Suchdienstes in die USA und habe meine Familie aufgesucht. Sie wussten ja nicht, dass ich noch lebe. Mein kleiner Bruder hat die Tür aufgemacht. Er wusste nicht, wer ich bin und bekam einen Schrecken. Mein Vater kam dazu und stutzte und meine Mutter stürzte sich von hinten an den anderen vorbei und

rief laut meinen Namen und fiel mir um den Hals. Sie war die einzige, die mich wiedererkannte."
Alle bekamen Tränen in die Augen bei diesem erschütternden Bericht.
„Und dann?" fragte Uschi mit erstickender Stimme.
„Dann blieb ich ein Jahr bei meiner Familie und wurde erst einmal aufgepäppelt, wie meine Mutter zu sagen pflegte. Zwei Operationen waren notwendig, um falsch zusammen gewachsene Knochen zu richten. Aber zum Leidwesen meiner Familie hat es mich dort nicht gehalten. Als die Russen kamen und die KZ-Tore öffneten habe ich mir geschworen, bis ans Ende meines Lebens Nazis zu jagen und sie einer gerechten Strafe zuzuführen. Ich habe für den *Mossad* gearbeitet, habe für Simon Wiesenthal recherchiert. Ich war bei der Verhaftung und Entführung von Eichmann dabei. Hunderte Verbrecher haben wir dingfest gemacht. Viele haben ihre gerechte Strafe bekommen, viele auch nicht. Es gibt auch immer wieder Länder, in denen sie glimpflich davon kommen, sogar frei gesprochen werden, Österreich ist da ein unrühmliches Beispiel, aber natürlich auch Südamerika. Deshalb gab es zu der Entführung Eichmanns damals keine Alternative."

Harald, Uschi und Babette waren sprachlos, die anderen drei kannten ihren Bundesgenossen ja schon.
„Und was war jetzt mit Langer, der wäre doch vor Gericht gekommen?"
„Das ist richtig. Als er im Keller einen Sprengsatz anbringen wollte, wurde mir die Sache aber zu gefährlich. Ich trat aus meiner Deckung und sprach ihn an. Er schrak zusammen, ich packte ihn am Kragen und sagte ihm, wer ich bin: Schau mich an, sagte ich ihm. Er riss die Augen auf und brachte kein Wort mehr heraus. Aber ein Messer konnte er noch ziehen. Das habe ich ihm schnell abgenommen und mit der anderen Hand zugedrückt. Nach drei Minuten war er tot. Ganz einfach und schnell. Aber er hatte noch etwa eine Minute Zeit

gehabt um zu realisieren, wer ihn erwischt hat. Wir haben uns die ganze Zeit unablässig in die Augen gesehen, bis er ohnmächtig wurde."
Jetzt sahen die anderen seine großen starken Hände, die er friedlich auf den Tisch gelegt hatte.
„Oh Gott, wie schrecklich! Aber jetzt müssen wir zur Polizei, das müssen wir doch melden", meinte Babette.
Elias Wolf erhob sich. „Nein, wir müssen gar nicht zur Polizei, es gibt mich nämlich gar nicht. Die Nazis haben meine Existenz ausgelöscht und dabei habe ich es belassen. Ich habe keinen Pass, keinen Namen und keine Staatsangehörigkeit. Ich agiere gänzlich im Dunkeln und immer allein."
„Aber das war bestimmt Notwehr."
„Nein, das war keine Notwehr. Außer dem kleinen Kratzer mit dem Messer hier," er zeigte auf seinen Handrücken, „konnte mir dieser Hanswurst nichts anhaben."
Harald erhob sich ebenfalls, „Trotzdem, das muss seinen ordentlichen Weg gehen. Ich rufe meinen Bruder an."
In dem Moment, als Harald nach dem Hörer griff, ging das Licht aus und der Tisch fiel um. Harald torkelte, die Damen schrien, Kannemann und Weißlinger stöhnten auf, weil der Tisch ihnen auf die Schienbeine schlug und Birg saß unbeweglich da, wie früher, als er noch Autist war. Elias Wolf war ebenso spurlos verschwunden, wie er gekommen war.

29

Eberhard und Harald Schopflenger kauten im Duo auf ihren Bleistiften und schauten sich an. Die Rollos waren weit heruntergelassen, Eberhard hatte sogar die Sonnenbrille abgelegt, ein alter Ventilator sorgte für ein leichtes Lüftchen.

„Willst du das nicht zu Protokoll nehmen, was ich dir über Elias Wolf und den Mord an Langer erzählt habe?"

„Notwehr oder Notwehr mit Todesfolge oder fahrlässige Tötung. Keine Ahnung, was dabei herausgekommen wäre, aber sicher nicht Mord."

„Aber er hat ihn aus Rache absichtlich getötet."

„Ja, aber da sind ja ganz besondere, extremste Umstände. Überlege mal, was der Langer ihm angetan hat. Und dann das Messer."

„Ja, aber verfolgt ihr so einen wie Elias Wolf nicht?"

„Es gibt ihn doch gar nicht, hat er ja selbst gesagt. Im Ernst: Ich habe als junger Kommissar mit einem Staatsanwalt in Ludwigsburg zusammengearbeitet, der hat mir von den Methoden des *Mossad* erzählt. Und dass es solche Geheimagenten gibt, die unsichtbar sind. Wenn man bedenkt, was den Juden, Sinti und Roma, Kommunisten und anderen angetan wurde und wenn man weiß, dass viele Massenmörder irgendwo auf der Welt frei herumlaufen, kann ich schon verstehen, dass man zu solchen Mitteln greift. Da ist unser Rechtsstaat einfach zu langsam."

„Willst du damit sagen, der Rechtsstaat versagt?"

„Nein, das nicht, aber er ist nicht schnell und er ist manchmal auch nicht wehrhaft genug. Das ist ein Dilemma und da ist es finde ich besser, mit gelegentlichen Defiziten zu leben, als den Rechtsstaat insgesamt zu verbiegen, weil das allzu schnell missbraucht werden kann, wie wir aus der Vergangenheit ja nur zu gut wissen."

„Also du kannst diesen Elias Wolf nicht dingfest machen?"

„Nicht mit zulässigen Methoden. Da müsste ich auch so

einen Geheimagenten an der Hand haben, wie er jetzt im Kino kommt. Wie heißt er noch mal?"
„James Bond."
„Ja, genau, so einen. Das ist doch lächerlich, das ist doch Fantasie!"
„Also du willst ihn nicht anzeigen oder zur Fahndung ausschreiben?"
„Wen?"
„Elias Wolf."
„Nein, wer soll das sein? Was soll ich da auf die Anzeige schreiben? Mord verjährt nicht. Die Ermittlungen werden wieder aufgenommen, sobald sich etwas Verwertbares ergibt."

Harald saß im Gemeindesaal am Flügel und wollte die nächste Chorprobe vorbereiten. Aber die Stücke beherrschte er eigentlich alle schon. Ihn interessierte mehr ein alter Klavierauszug, *Fancesca da Rimmini* von Hermann Goetz. Dieser jung verstorbene Komponist hatte eine deutsche Antwort auf den *Verismo* gegeben, jenen pathetischen Musikstil, der in den Opern Puccinis so großartig ausgeprägt ist. Bei *Fancesca da Rimmini* handelte es sich um eine im 19. Jahrhundert äußerst beliebte und über 40 mal als Oper vertonte tragische Romanze, um die Geschichte eines der berühmtesten Liebespaare der Literatur: Paolo und Francesca. Alles überliefert im fünften Gesang von Dante Alighieris *Inferno*. Diese beiden jungen Leute, obwohl schon auf dem Weg zur Hölle, waren ineinander verliebt, aber sie durften ihrer Liebe nicht nachgeben, weil Beatrice schon dem Bruder oder was weiß ich wem versprochen war. Harald wusste das auch nicht mehr so genau.

Auf jeden Fall, und das war der springende Punkt, sie lasen gemeinsam ein Buch, Hand in Hand sozusagen, wie kürzlich Harald und Uschi, und schauten sich dabei zwischendurch an, auch das war eine Parallele. Das Buch bei Dante war von Lanzelot, ein Versroman aus dem 12. Jahrhundert, in dem ein langer Kuss eine lang gehegte Leidenschaft entfacht. Bei Harald und Uschi war es das *Bürgerliche Gesetzbuch* gewesen, und zwar der Abschnitt über die Verschollenheit. Da kam natürlich keine Leidenschaft auf. Aber bei Paolo und Francesca endete die Lektüre in einer leidenschaftlichen Begegnung, sozusagen die letzte Liebe vor der ewigen Verdammung. Harald blätterte nervös in dem Klavierauszug der Goetzschen Oper. Diese Version der berühmten Szene war zwar auf deutsch und gut verständlich, aber sie streckte sich über 23 Seiten. Wenn er Uschi das alles vorsingen würde, wäre die Atmosphäre für einen ersten Kuss vermutlich verpfuscht. Und mit einem mittelalterlichen Roman wie dem von Lanzelot würde das heutzutage vermutlich auch nicht funktionieren.

Lieber mal einen Blick ins Original bei Dante werfen: „nessun maggior dolore", so begann der berühmteste Vers der *Divina Commedia*: „Es gibt keinen größeren Schmerz, als sich an das Glück zu erinnern, wenn man im Elend steckt." Nicht schlecht. Aber da, weiter hinten ab Vers 130 kam die entscheidende Stelle, wie sollte er die an Uschi bringen: „Per più fiate li occhi ci sospinse quella lettura ...",
Harald kramte sein altitalienisch zusammen: „Einige Male schauten wir uns beim Lesen schon in die Augen und erblassten. An einem Punkt war es um uns geschehen, wir lasen, wie sie von dem lächelnden Mund des Liebenden geküsst wurde, und da hat auch er sie heftig zitternd auf den Mund geküsst. An dem Tag war an weiterlesen nicht mehr zu denken."
Hocherotisch, zweifellos, aber wie hätte er das platzieren sollen, ohne dass es gleich wie ein Wink mit dem Zaunpfahl wirkte. Platt durfte es ja auf keinen Fall werden, dann wäre alles zerstört.

Am kommenden Sonntag beendete Harald den Gottesdienst ganz bewusst mit einem kurzen Nachspiel. *Hilf Gott, dass mirs gelinge* aus dem Orgelbüchlein von Johann Sebastian Bach war ein kurzes Stück, aber extrem schwer. Man musste sich förmlich verrenken um die linke Hand an all die hohen Stellen auf der Klaviatur zu führen, während es im Pedal munter weiter nach unten ging. Da hatte sich schon so mancher Virtuose fürchterlich verspielt. Ob Bach den Titel allzu wörtlich genommen und auf sich selbst, den Organisten gemünzt hatte? Für Harald war der Titel in jeder Hinsicht sein heutiges Stoßgebet, und er war schon ganz nervös, als Uschi, nachdem die letzten Töne verklungen waren, auf die Orgelempore kam.

„Du wolltest mir doch noch zeigen, wie Gaus das gemacht hat mit den Tönen und den Morsezeichen an seine Gruppe."

Harald spielte einen Moment den Verwirrten.

„Ach ja, klar, komm her."

Er nahm den vierten Band von Bachs Orgelwerken zur Hand und schlug das *Präludium in D-Dur* auf. Er griff in seine Westentasche: „Da ist eine Tabelle mit den Morsezeichen. Wenn ich einen Ton länger aushalte, dann schreibst du Strich, wenn ich kurz spiele, Punkt. Zwischen den Tönen muss ich eine kleine Pause machen, damit du weißt, wann der neue Buchstabe beginnt. Bist du bereit?"

Uschi setzte sich neben ihn auf die Orgelbank: „Ja, bereit!"

Harald spielte, Uschi notierte: kurz-lang-lang-lang; kurz; lang; kurz-lang; kurz-kurz; lang-lang; kurz.

„Fertig?"

„Fertig! Jetzt musst du es nur noch mit der Tabelle übertragen."

Uschi nahm den Stift und las halblaut mit:

„J – E – T – A – I – M – E. Je t'aime?!"

Sie blickten sich in die Augen.

Quel giorno più non vi leggemmo avante.

(An diesem Tag lasen wir nicht mehr weiter.)

Schlussbemerkung

Die Personen dieses Romans sind frei erfunden. Jede Ähnlichkeit mit lebenden oder verstorbenen Personen ist zufällig. Ausgenommen davon sind diejenigen Abschnitte über Albert Langer, welche die Jahre 1911 bis 1942 betreffen, die auf Originaldokumente des Organisten und Komponisten Arno Landmann (1887-1966) zurückgehen. Die sich anschließende biografische Entwicklung und die Parteimitgliedschaft in der NSDAP ist frei erfunden. Ebenso sind einige Umstände wie der Besuch in der zerstörten Synagoge durch Nathan Wolf der Biografie des Kantors und Komponisten Hugo Chaim Adler (1894-1955) entlehnt, die übrige Familiengeschichte aber frei erfunden. Darüber hinaus wurde für die Beschreibungen in diesem Roman Literatur benutzt und daraus zitiert, meist aber in abgewandelter Form so wie es für den Fortgang und Zusammenhang der Geschichte notwendig erschien, von der hier die wichtigsten Titel aufgeführt sein mögen, damit die Arbeit der jeweiligen Verfasser nicht ungenannt genutzt werde.

Die erwähnten Orgelkompositionen werden nach und nach auf der YouTube-Plattform „T im Fernwerk“ als Audio-Dateien zu hören sein.

Samuel Adler, Building Bridges with music (Autobiografie), USA 2017

Frank Arnau, Das Auge des Gesetzes. Macht und Ohnmacht der Kriminalpolizei, München 1965

Hugo Fernandez Artucio, The Nazi Underground in South America, New York 1942

Oswald Bumke, Lehrbuch der Geisteskrankheiten, Dritte Auflage, München 1929

Tobias Engelsing, Wir sind in Deutschland, nicht in Russland, Konstanz 1987

Tobias Engelsing, Lothar Burchhardt et. al., mager und knapp – Alltagswelten in der Grenzstadt Konstanz, 1920–1960, Konstanz 2002

Ladislas Farago, Aftermath. Martin Bormann and the Fourth Reich, New York 1974

Reinhard Grohnter, Die Entnazifizierung in Baden, Stuttgart 1991

Susanne Heintze, Zur Geschichte des Gymnasiums Achern public domain

Ludwig Jäger, Der Fall Schneider / Schwerte, München 1998

Gottfried Willibald Kummer, Griechische Skulpturen und ihr Einfluß auf die Dichtungen des 19. Jahrhunderts, Weimar 1927

Johannes Matthias Michel, Arno Landman in: Mitteilungen der Karg-Elert-Gesellschaft 2, Heidelberg 1987

LeMoyne Snyder, Morduntersuchung Hamburg o. J. [1960]

Moritz Tramer, Lehrbuch der allgemeinen Kinderpsychiatrie, Vierte, neu bearbeitete und ergänzte Auflage, Basel, Stuttgart 1964

Marion Wierichs-Lotz, Das Realgymnasium [Mainz] von seiner Gründung bis zur 100 Jahr-Feier (1884–1931), www.schloss-online.de